Légendes et Contes

Un Magnifique Livre de Coloriage Pour Adultes

Anti stress

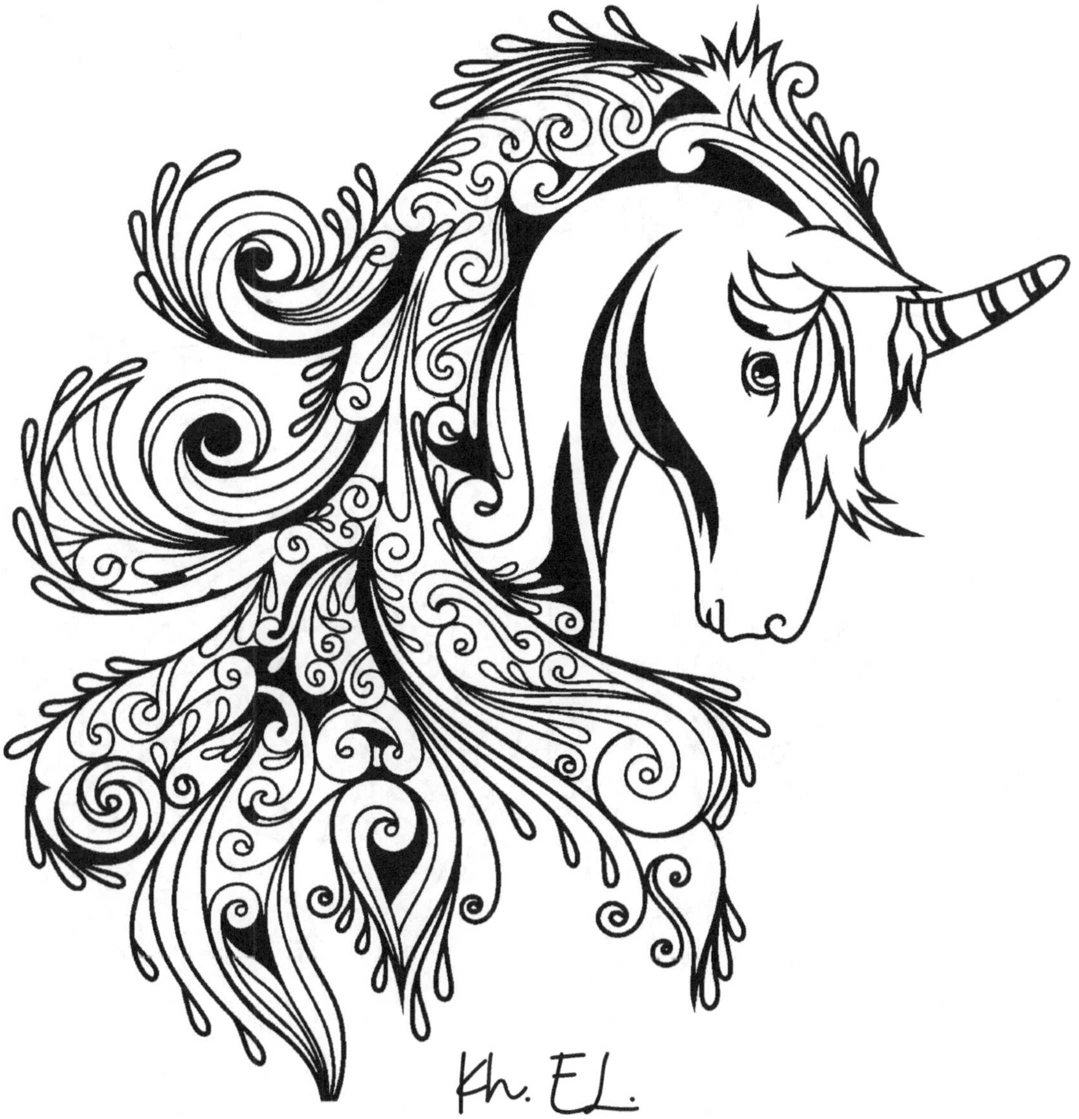

Kh. EL.

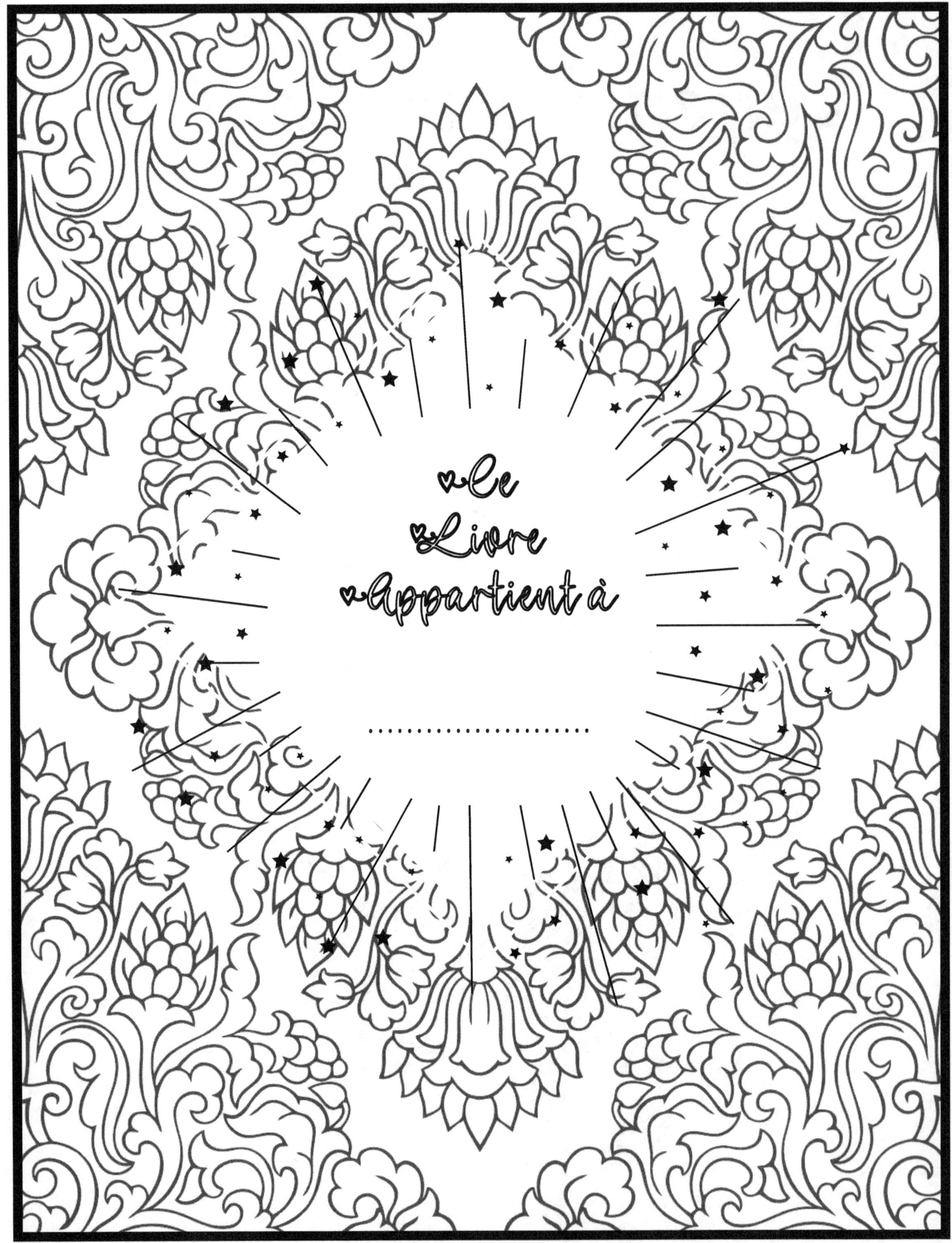

Ce
Livre
appartient à

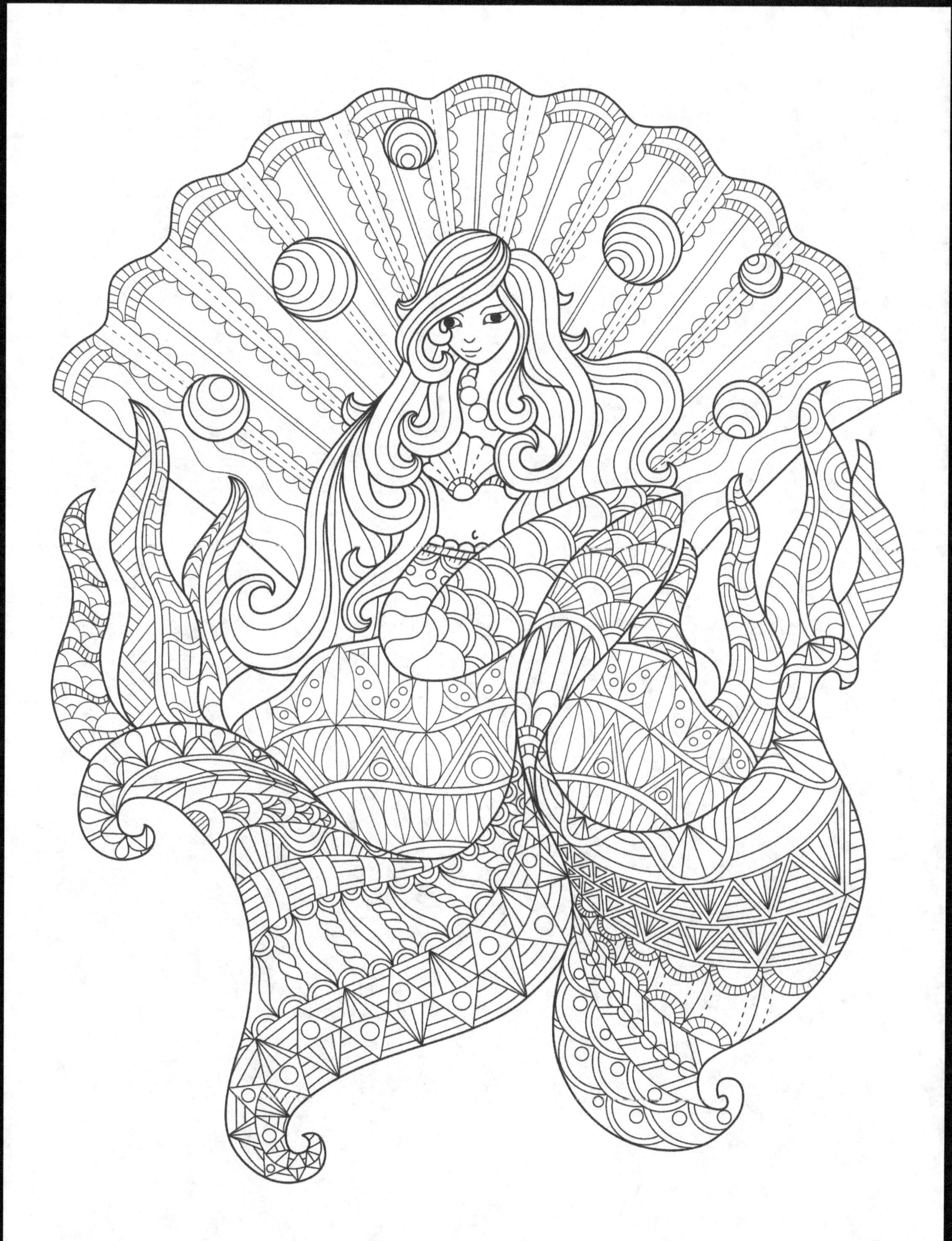

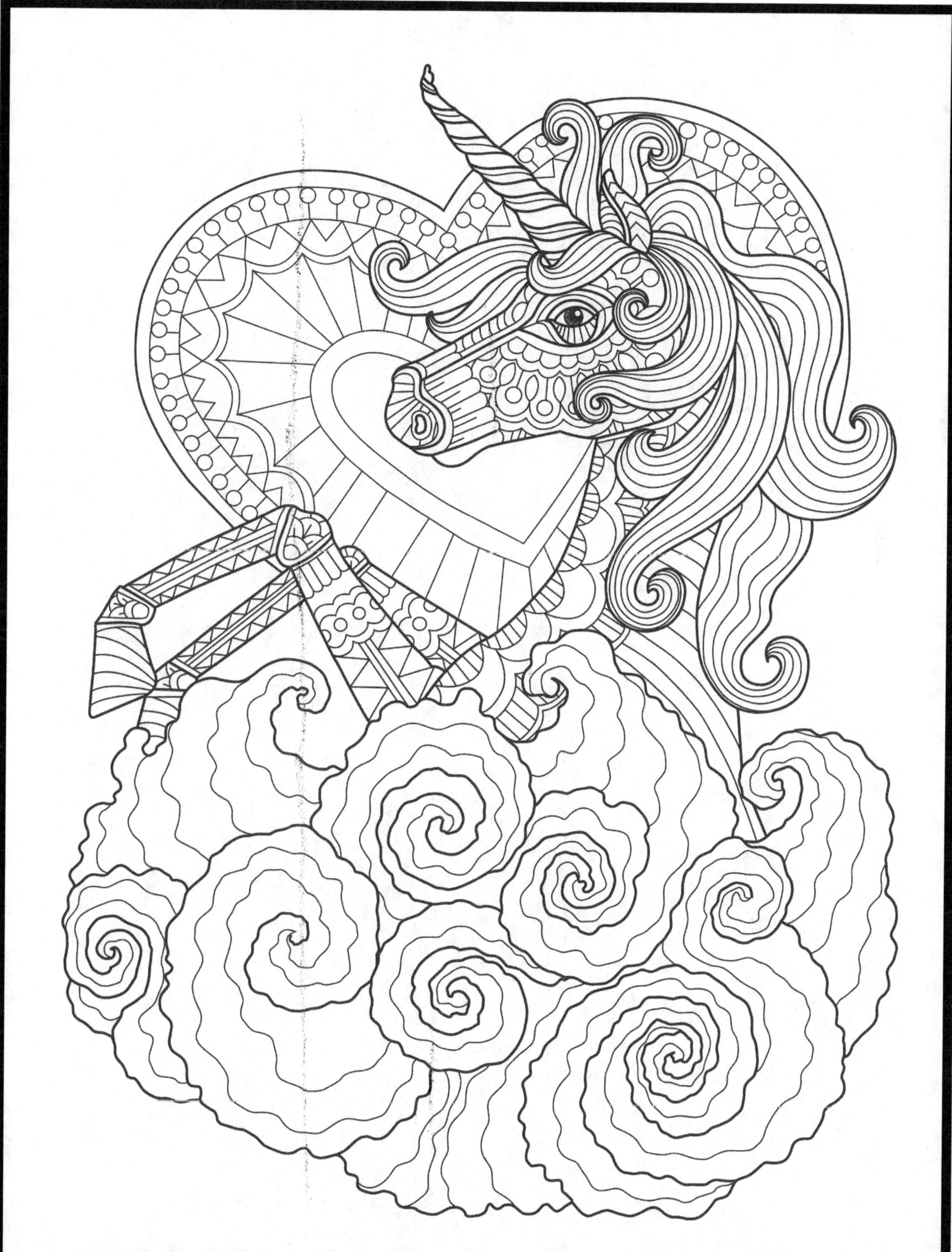

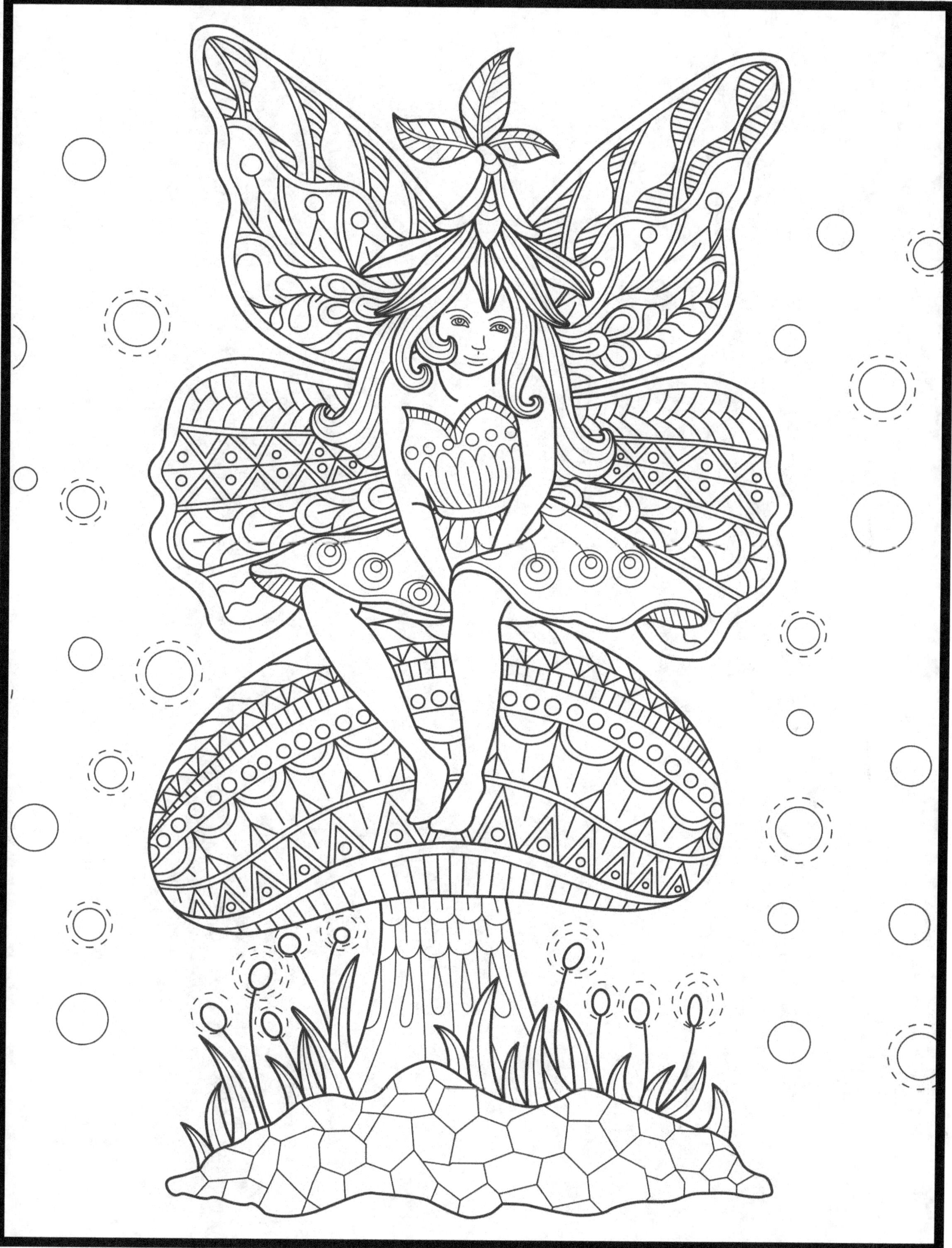

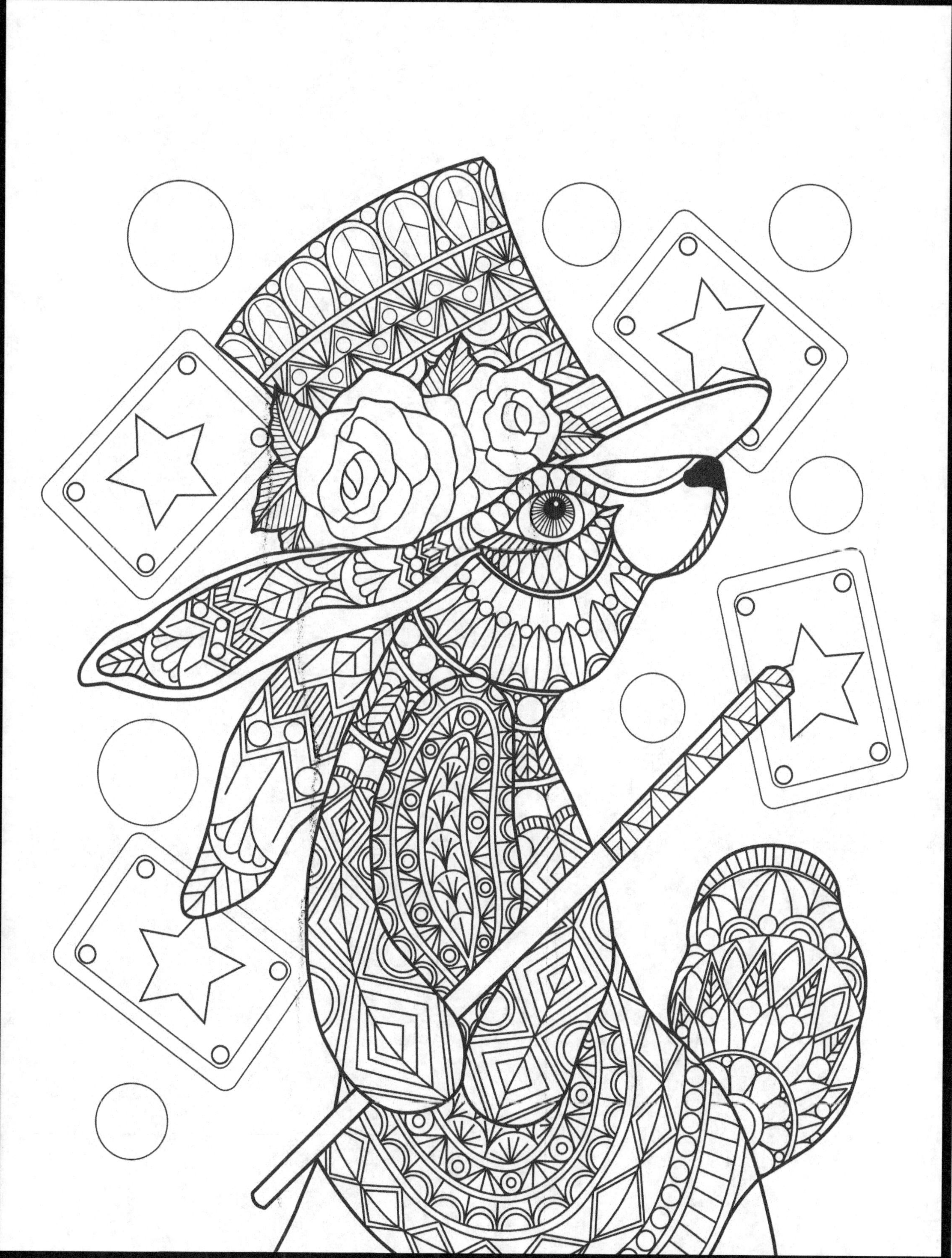

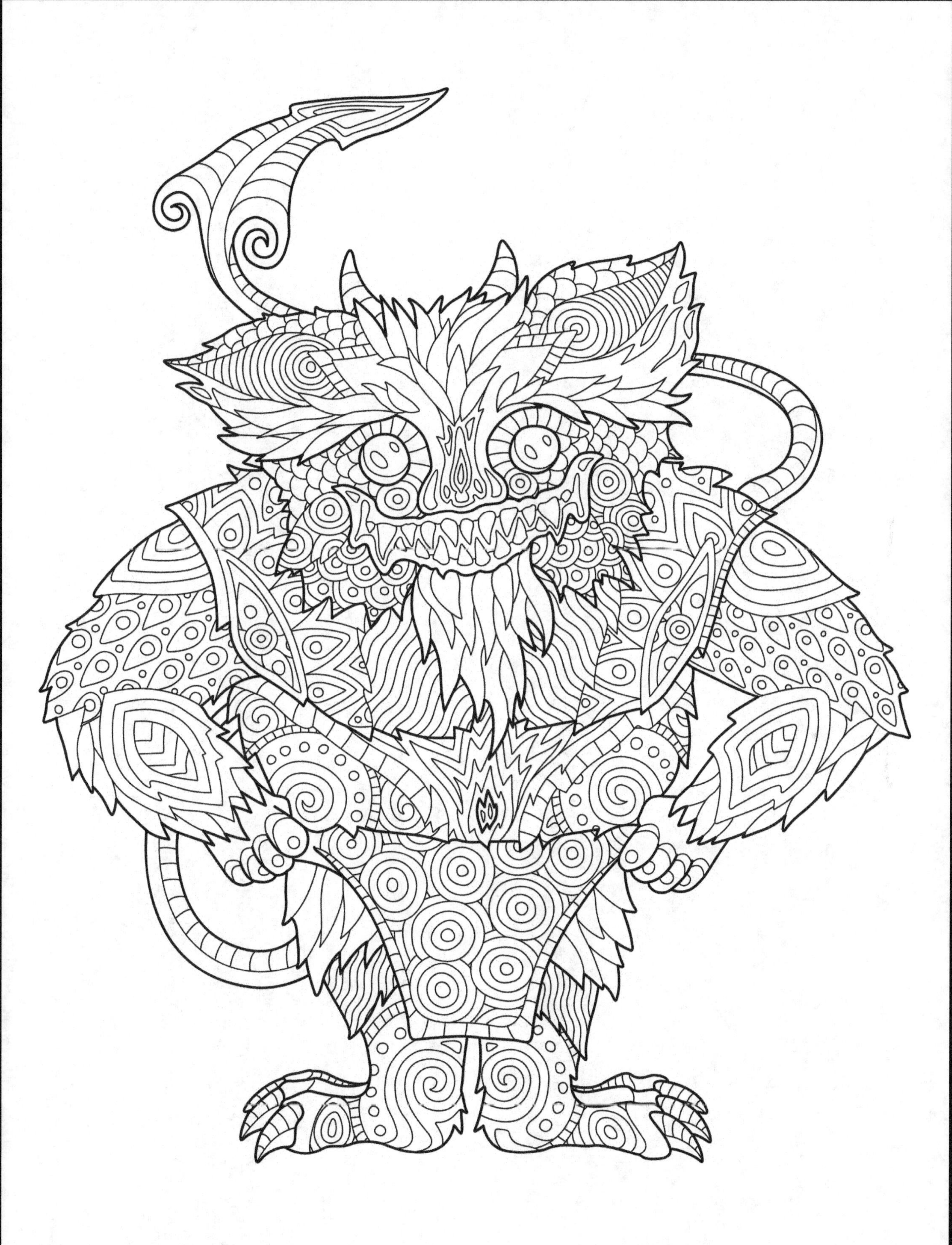

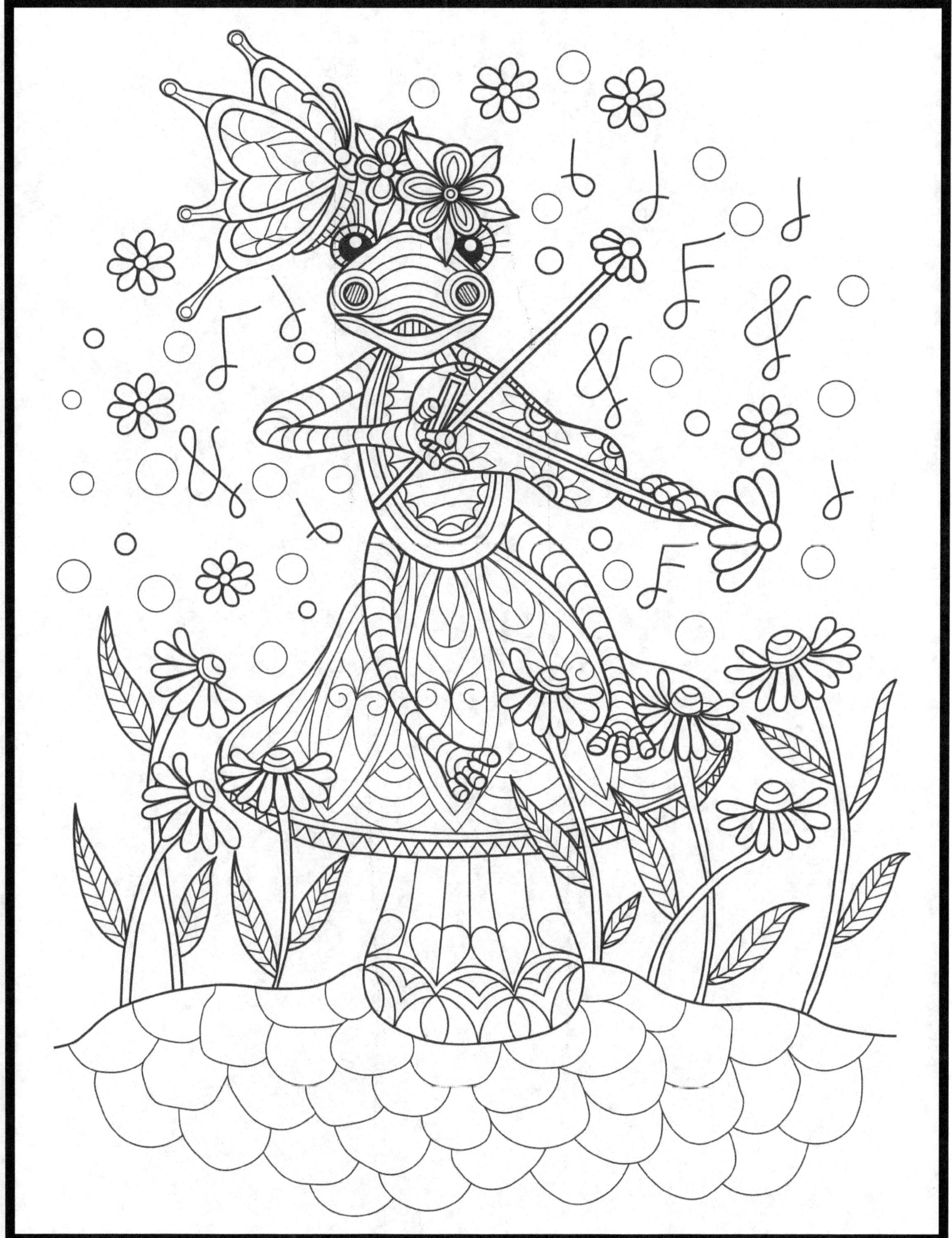

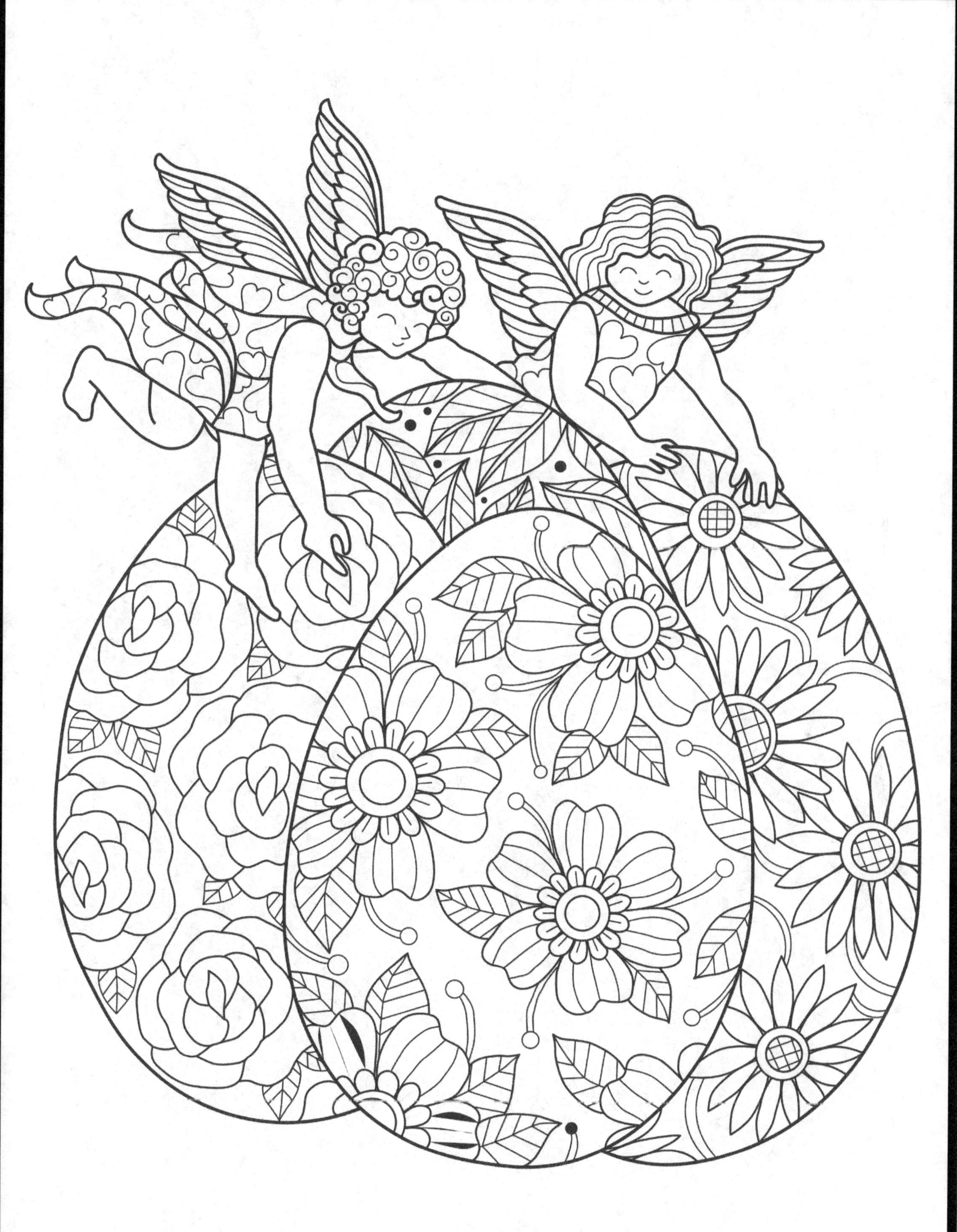

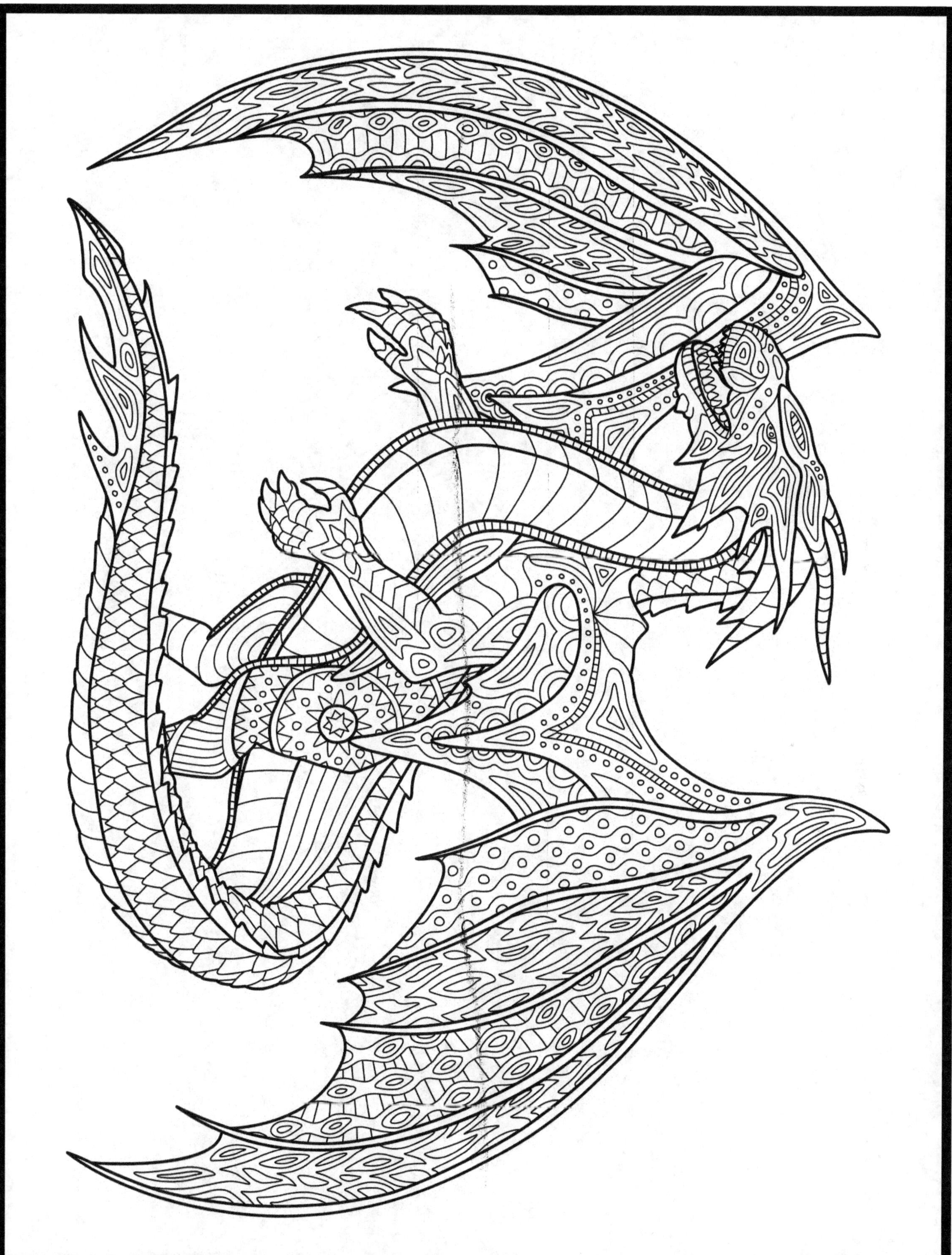

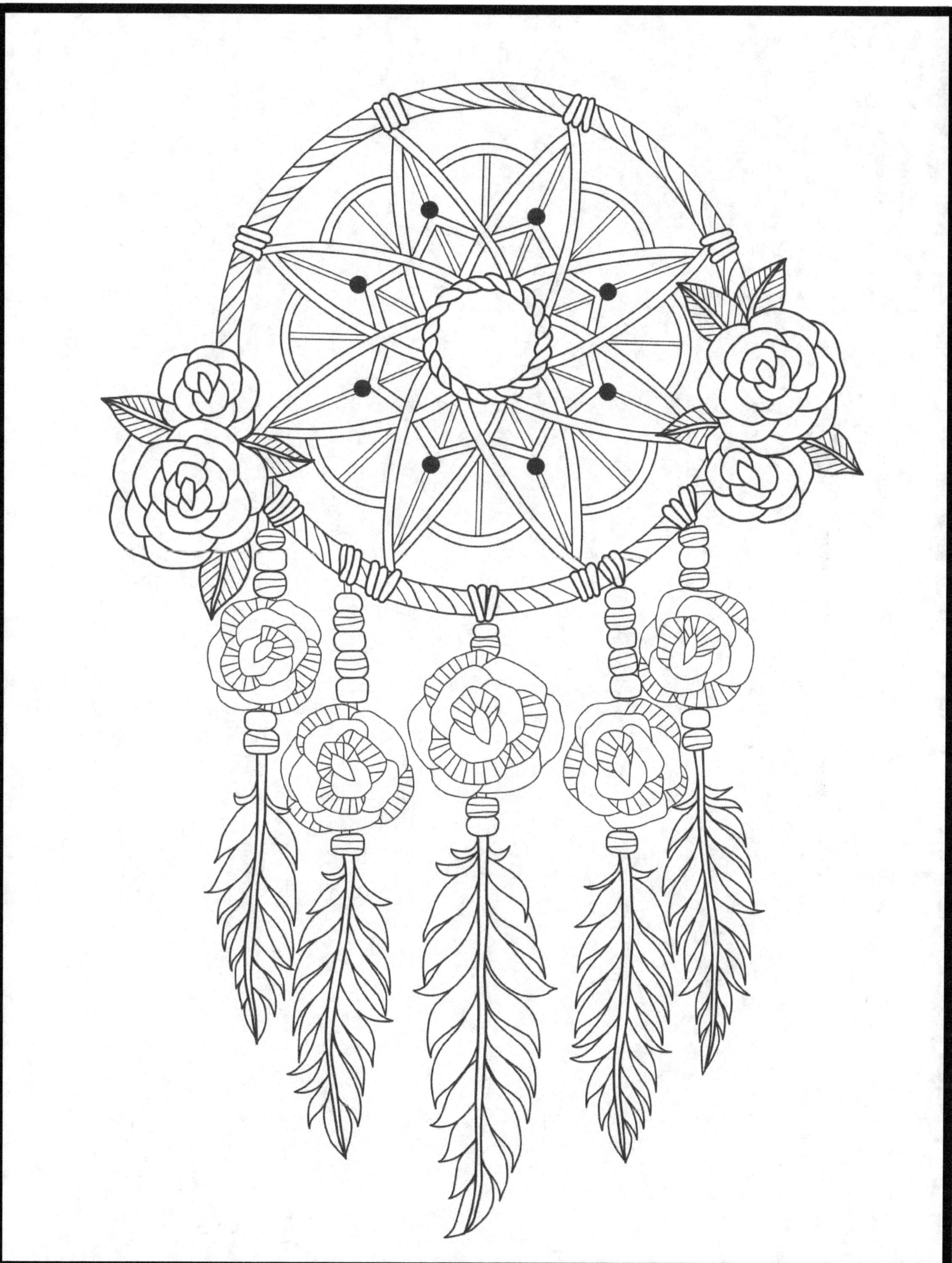

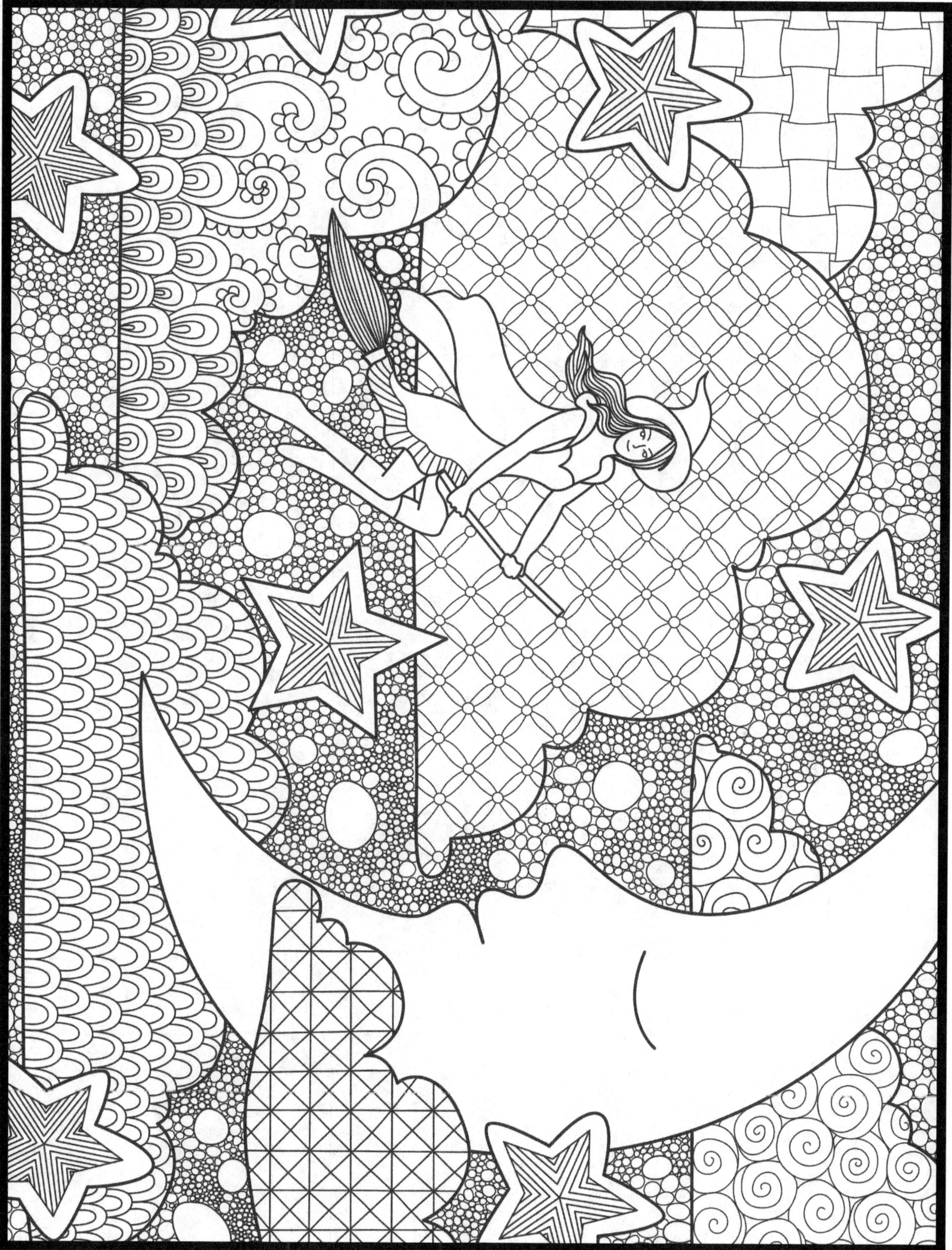

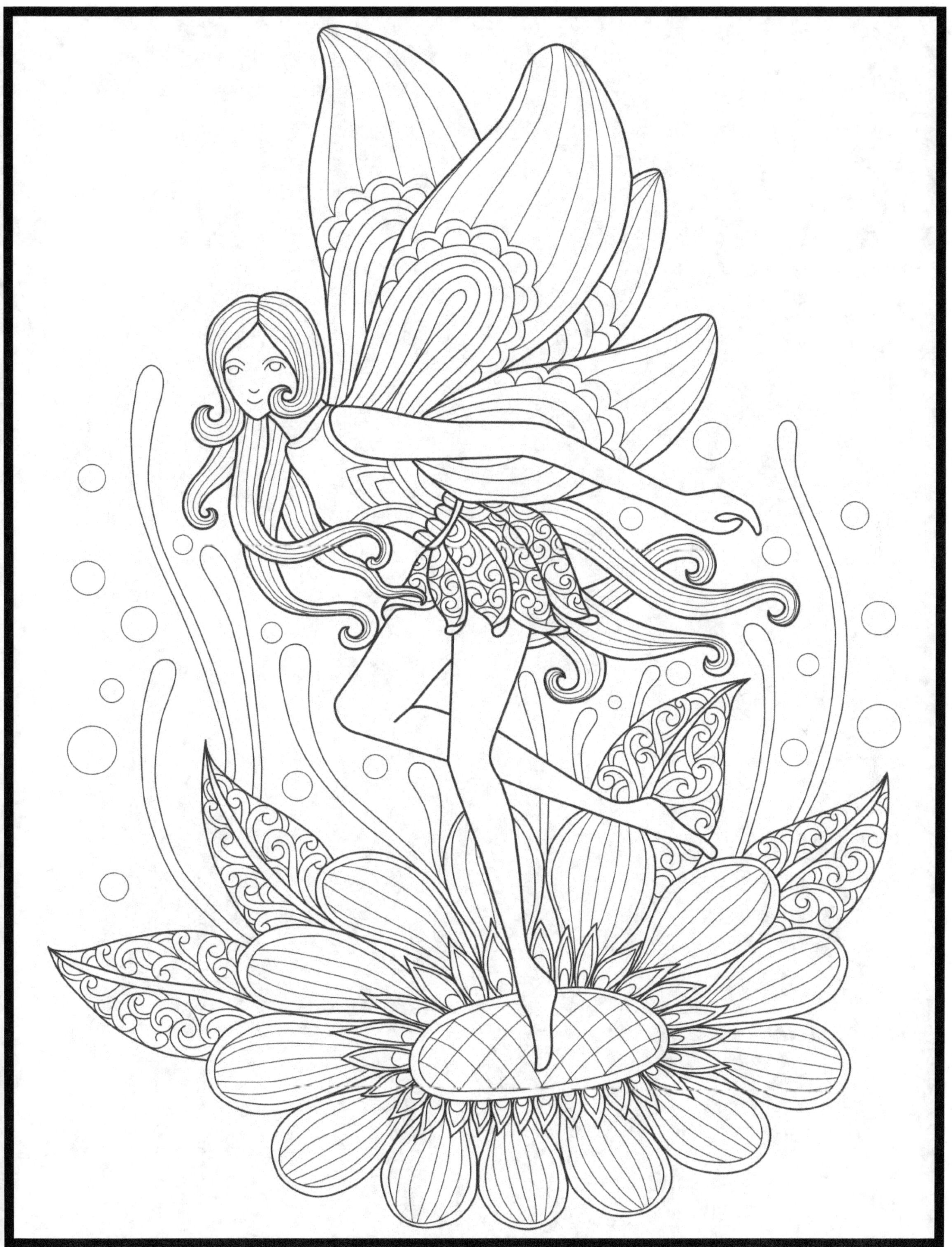

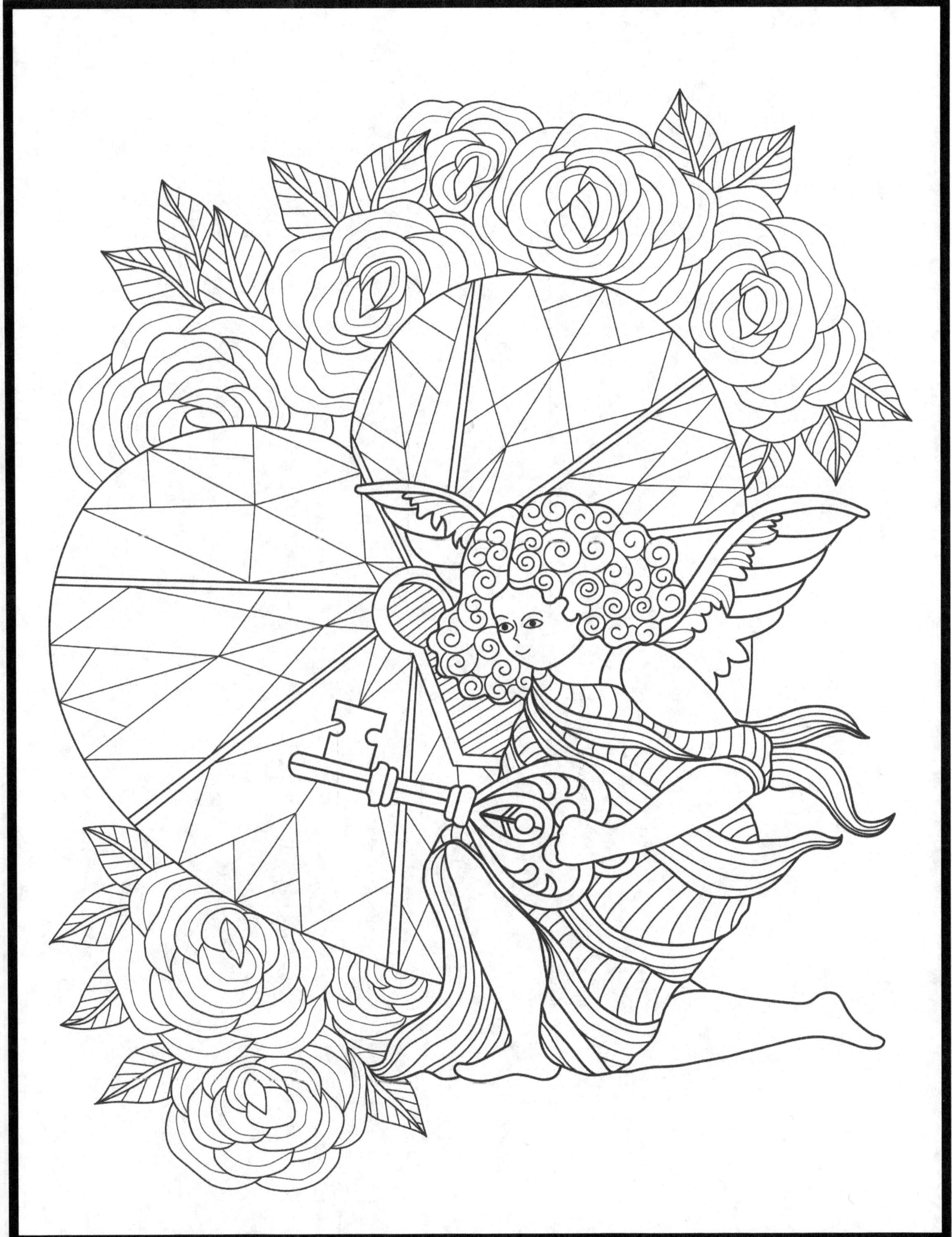

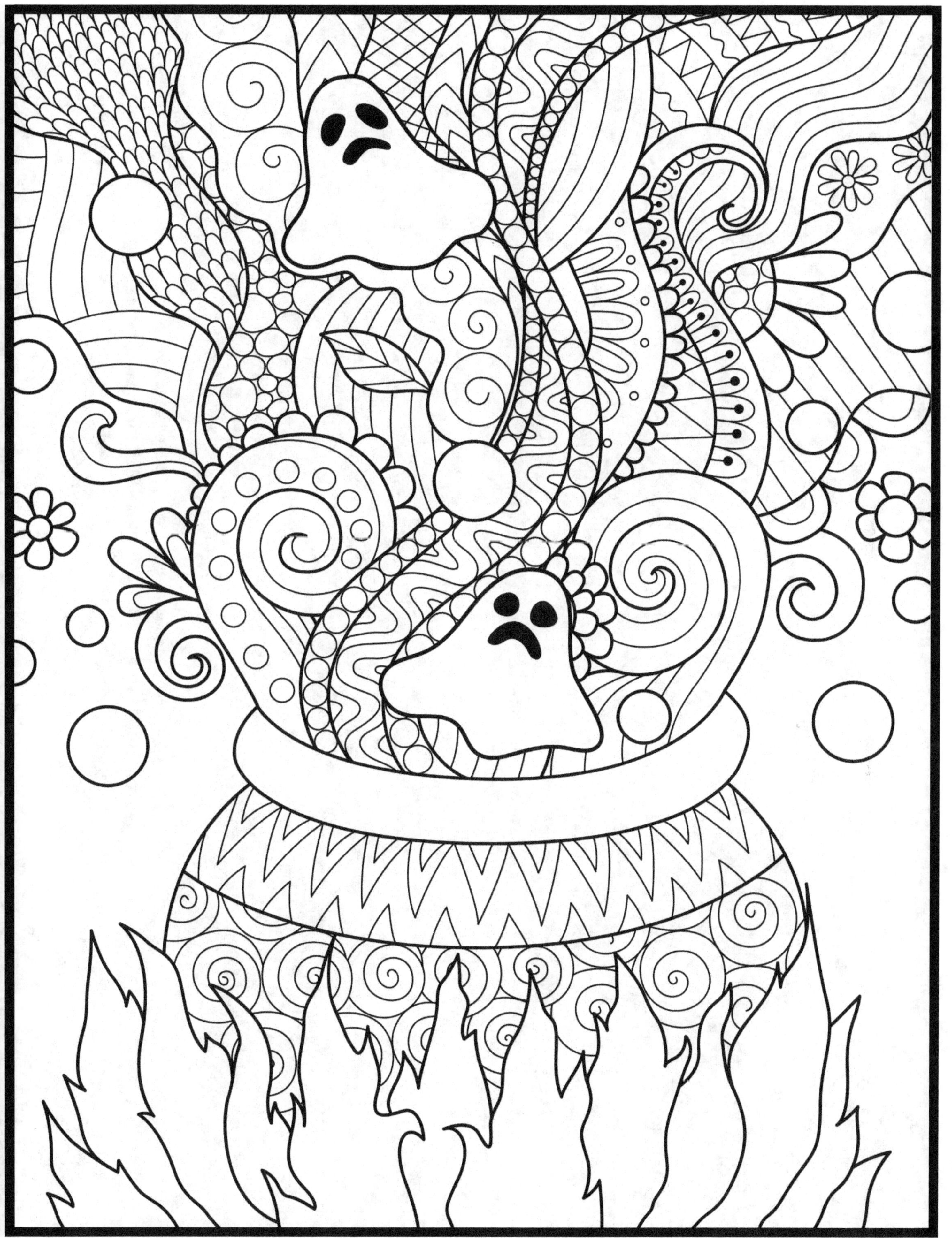

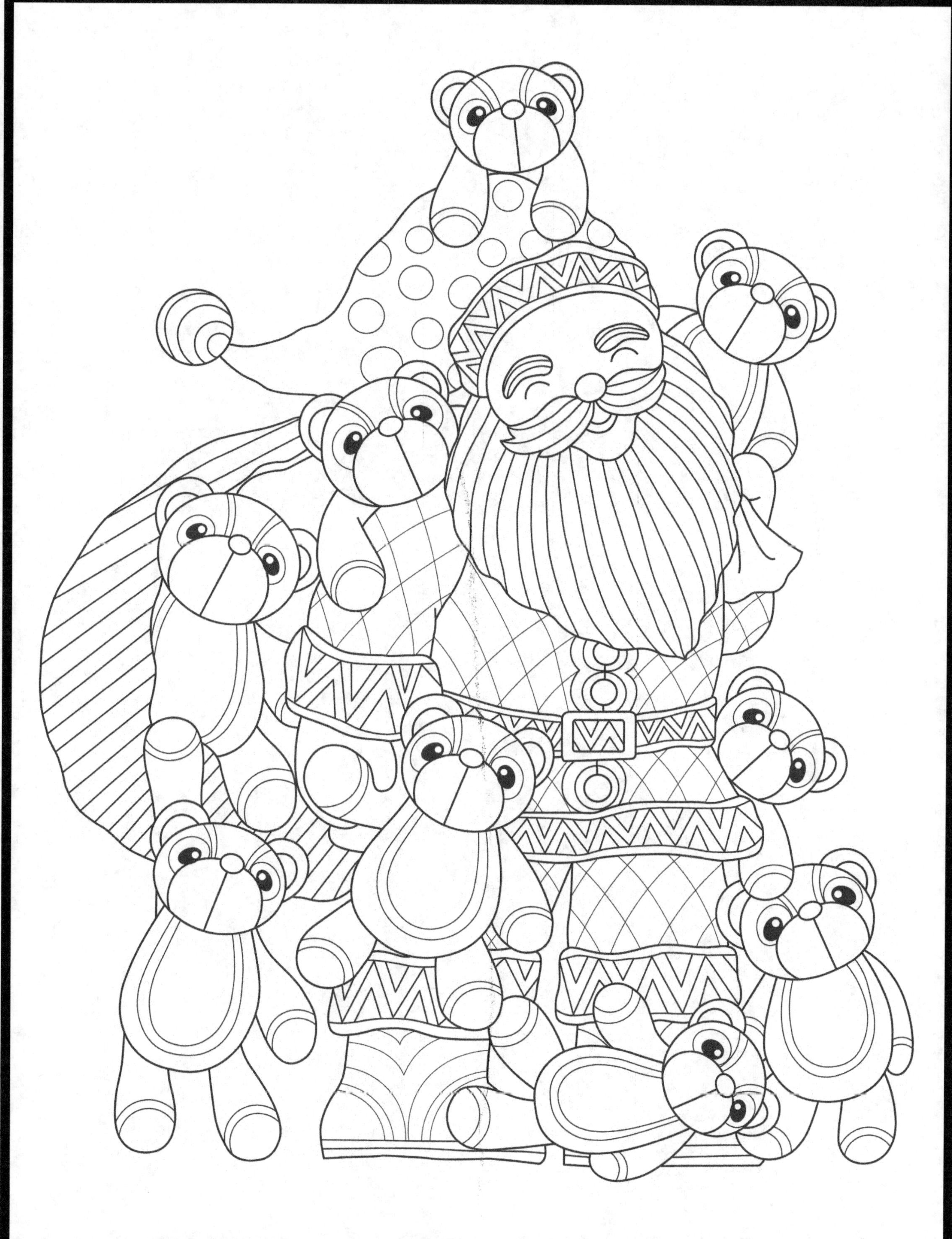

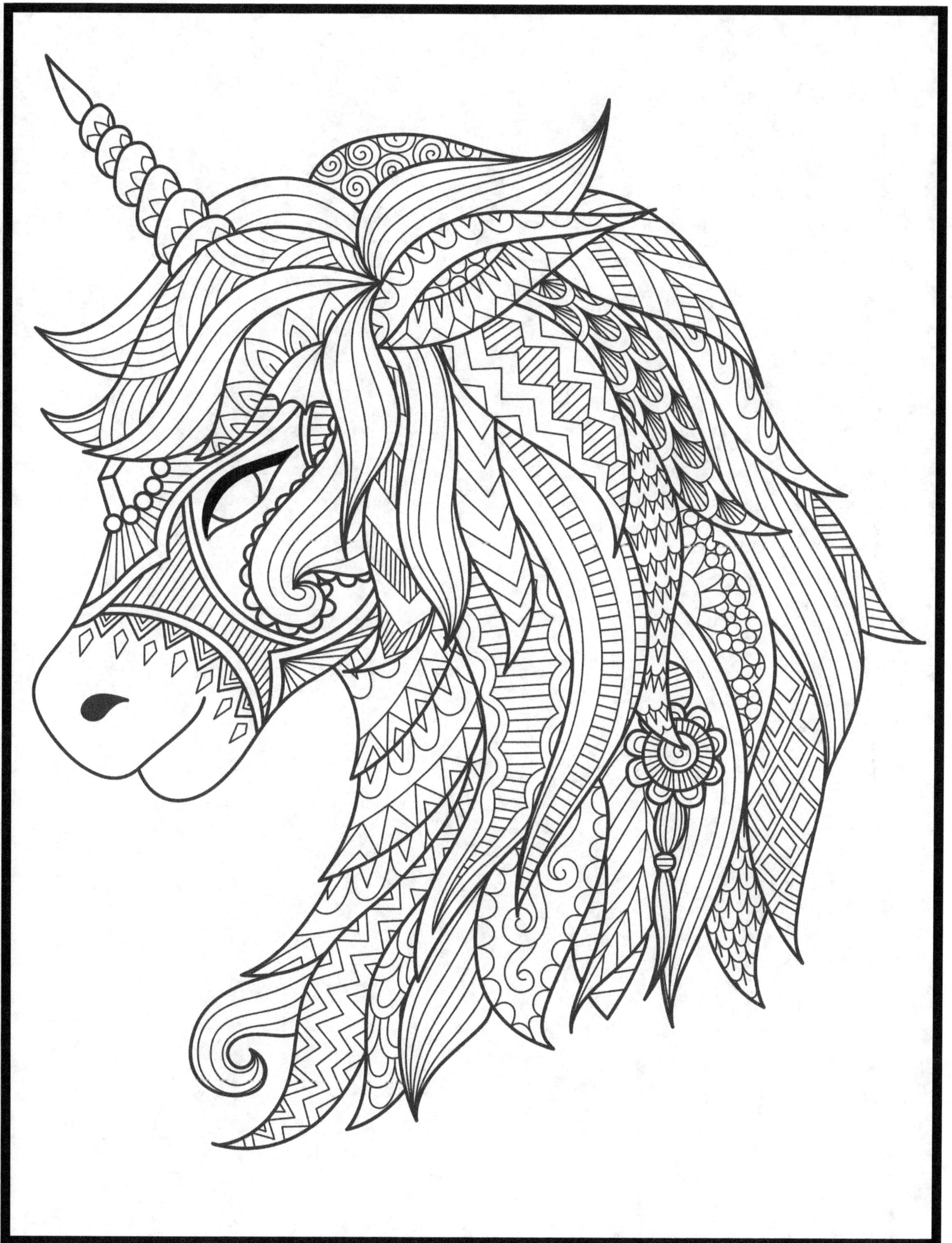

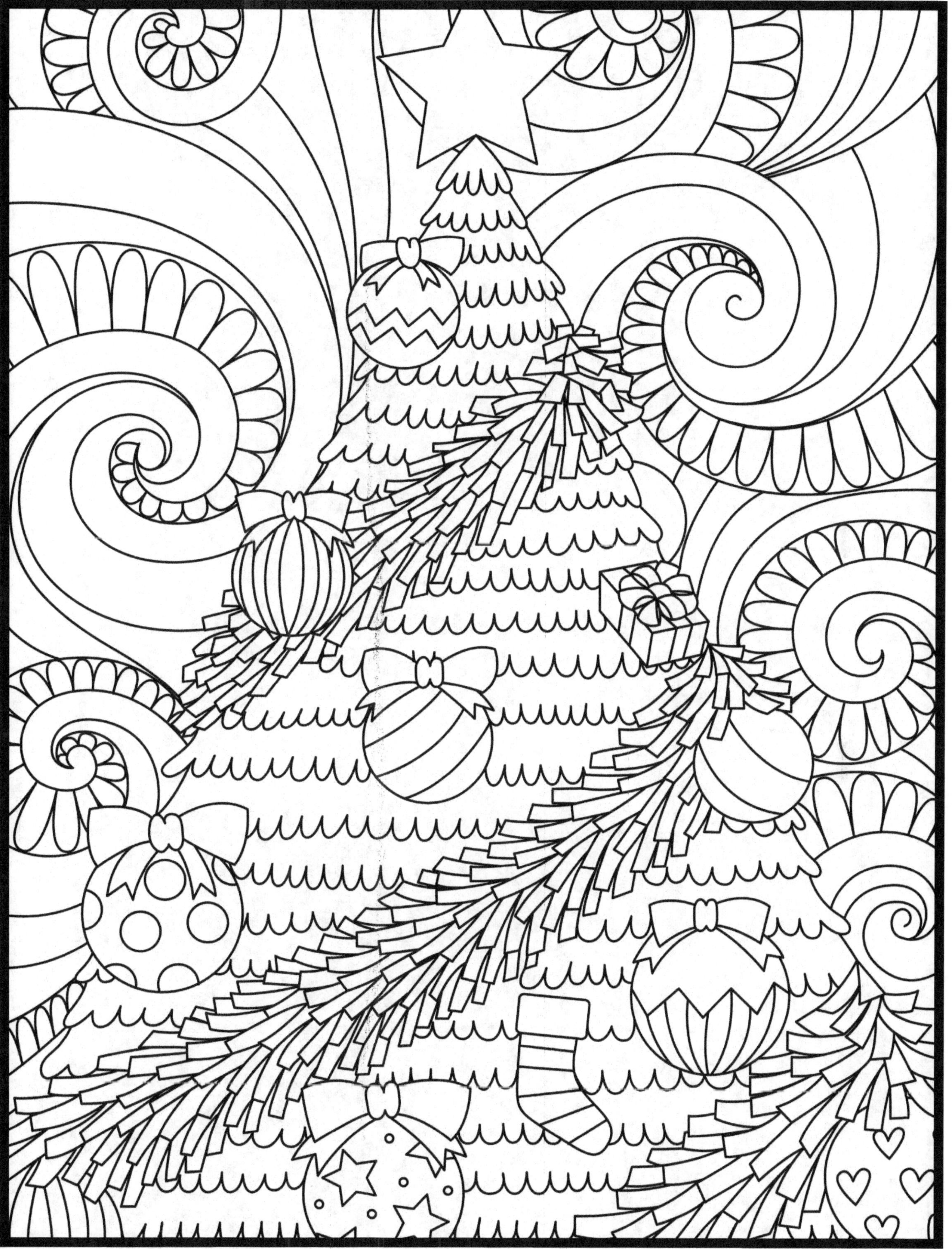

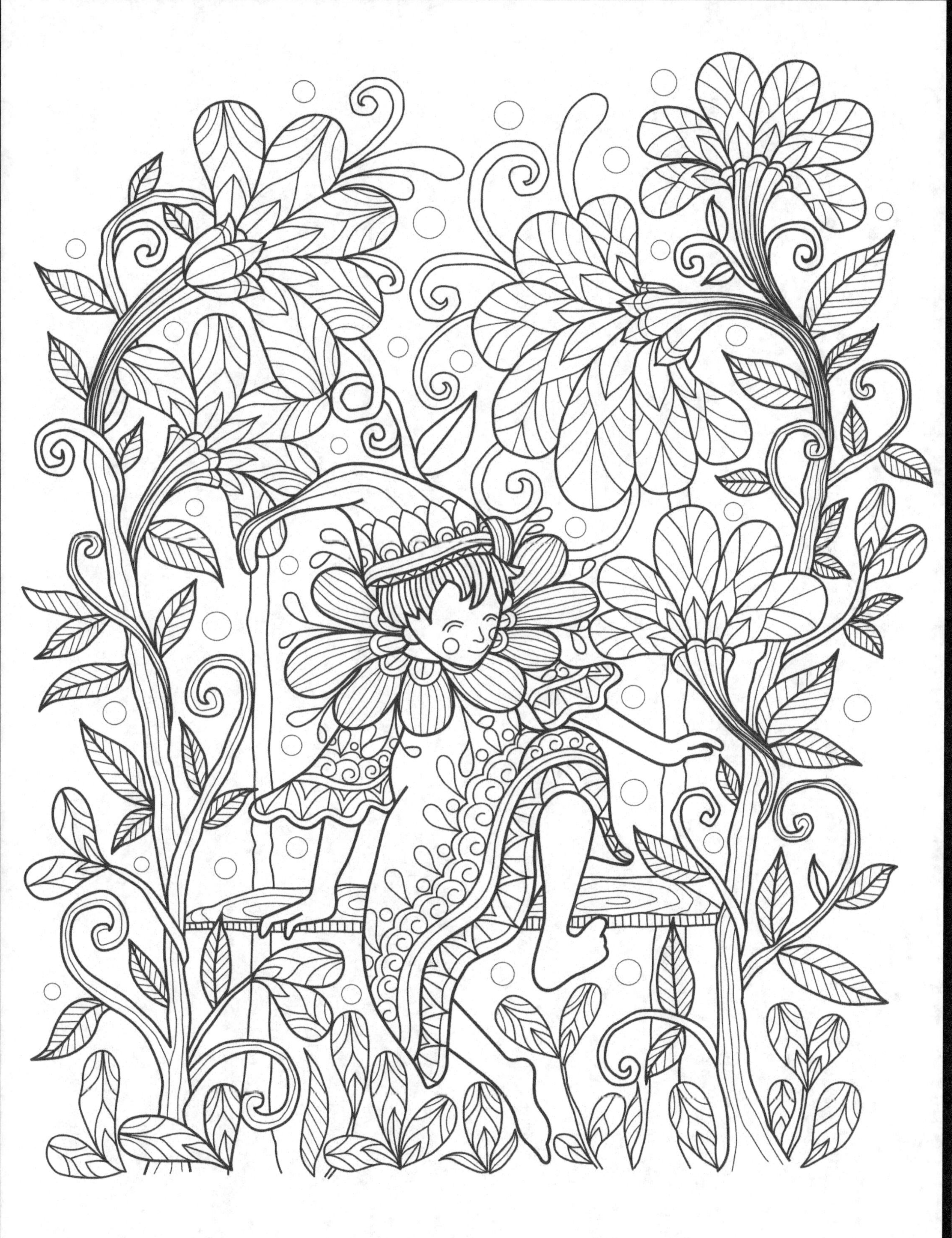

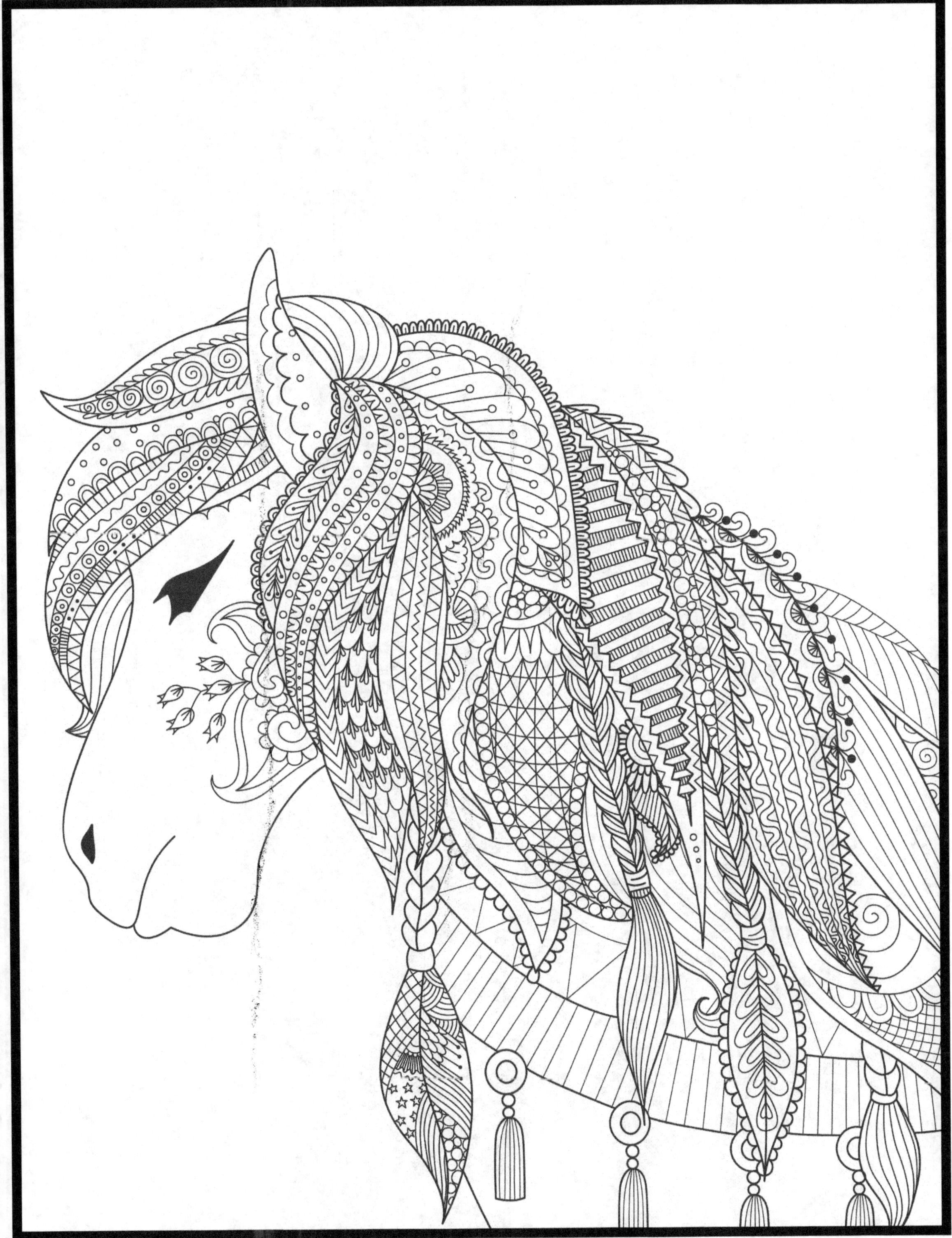

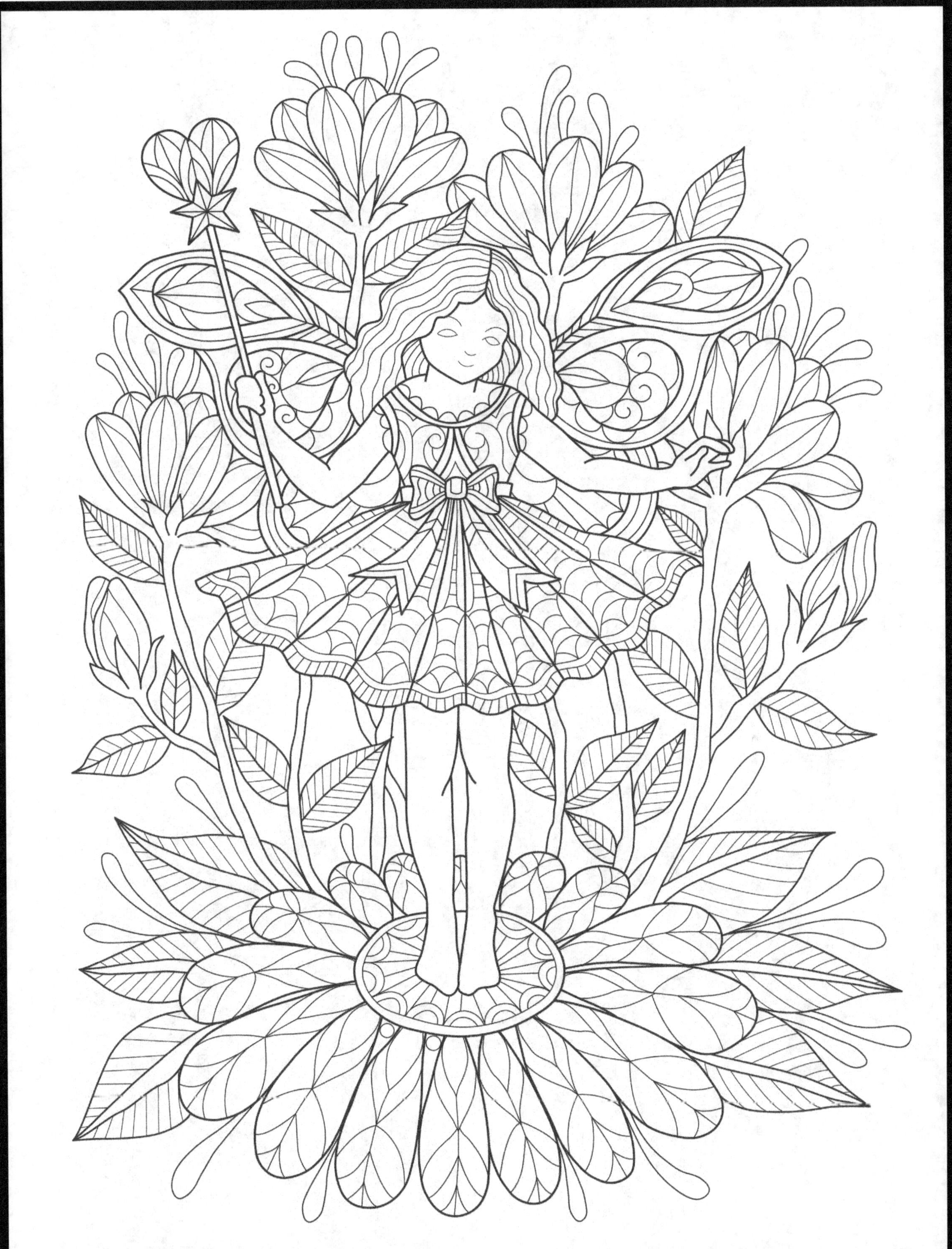

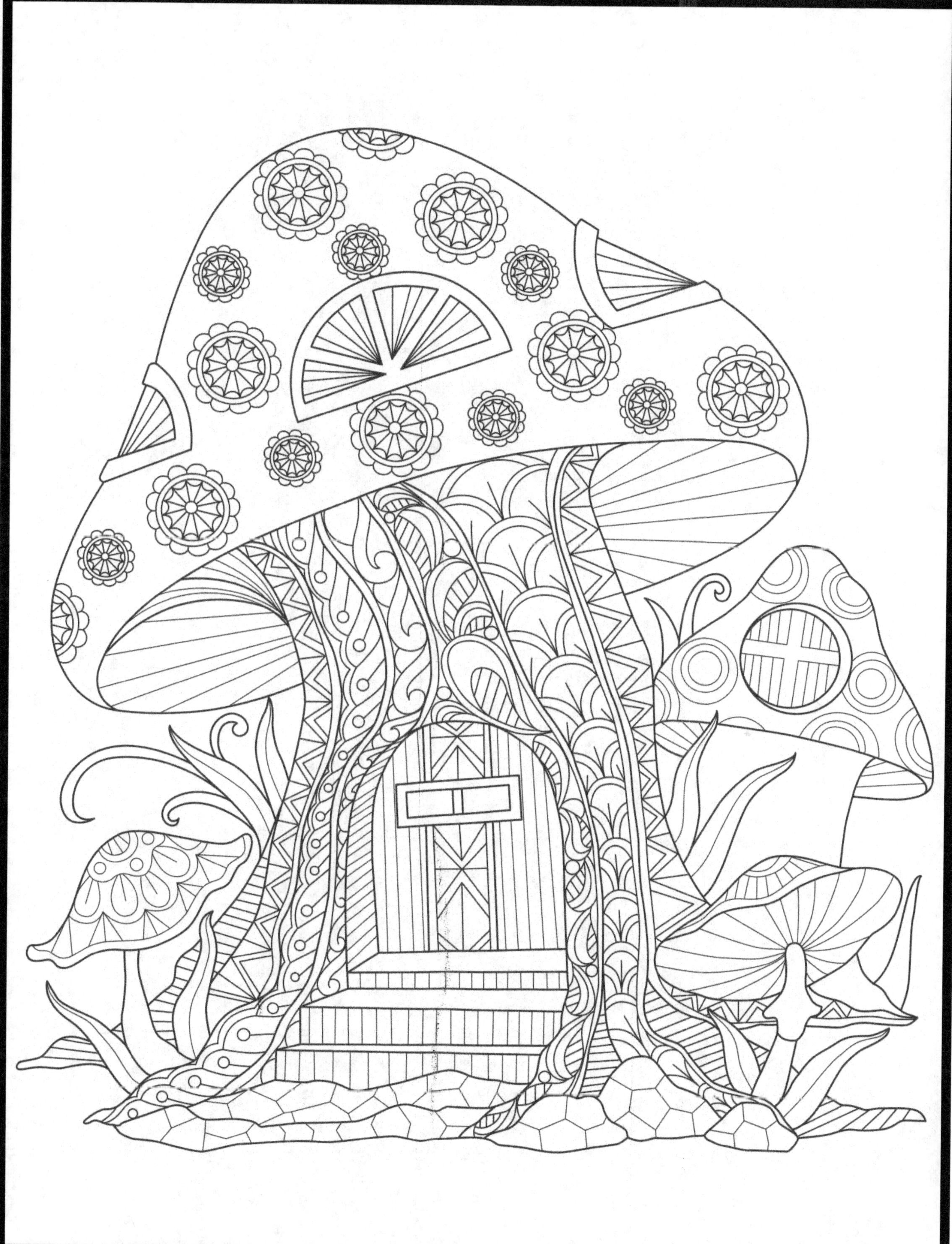

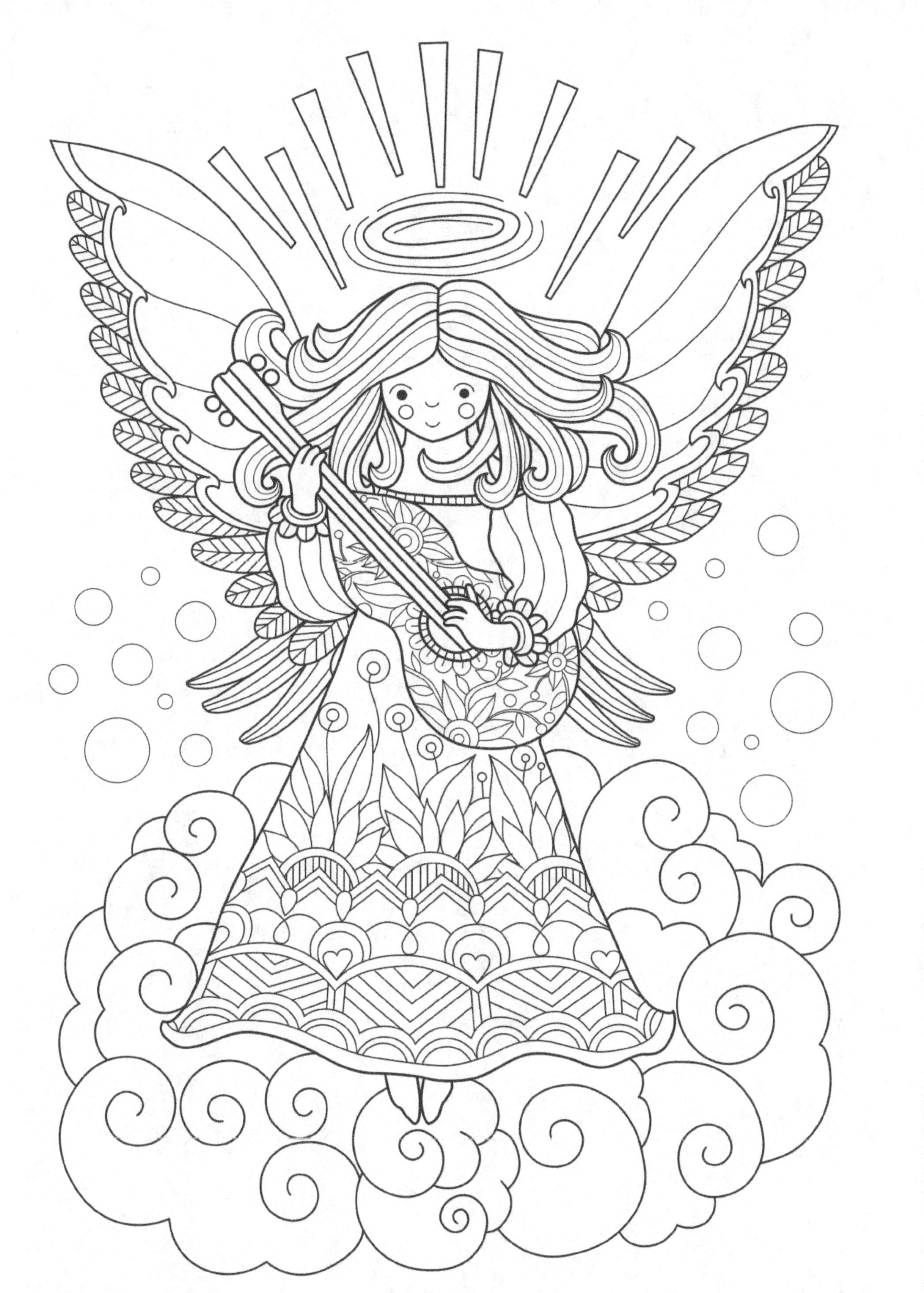

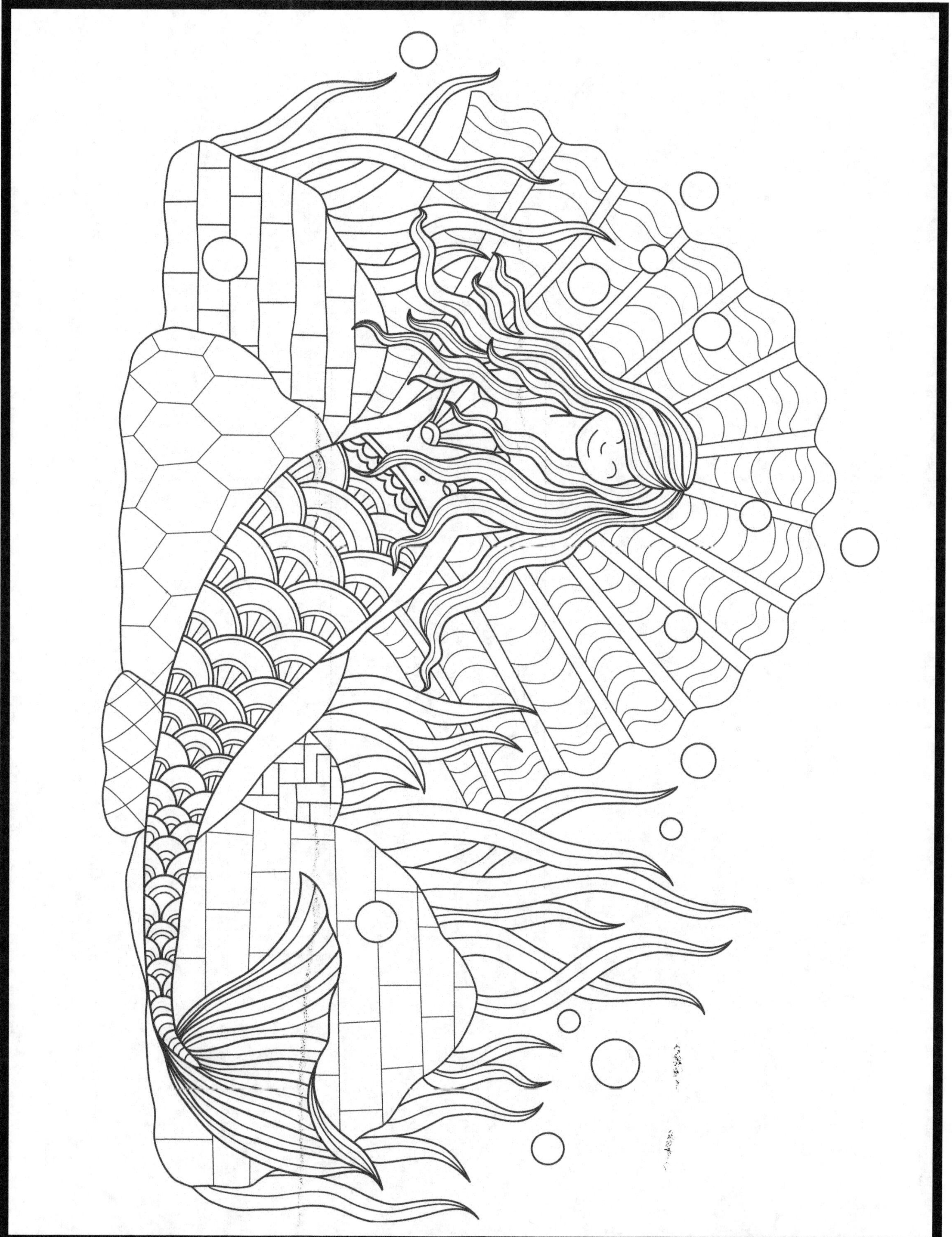

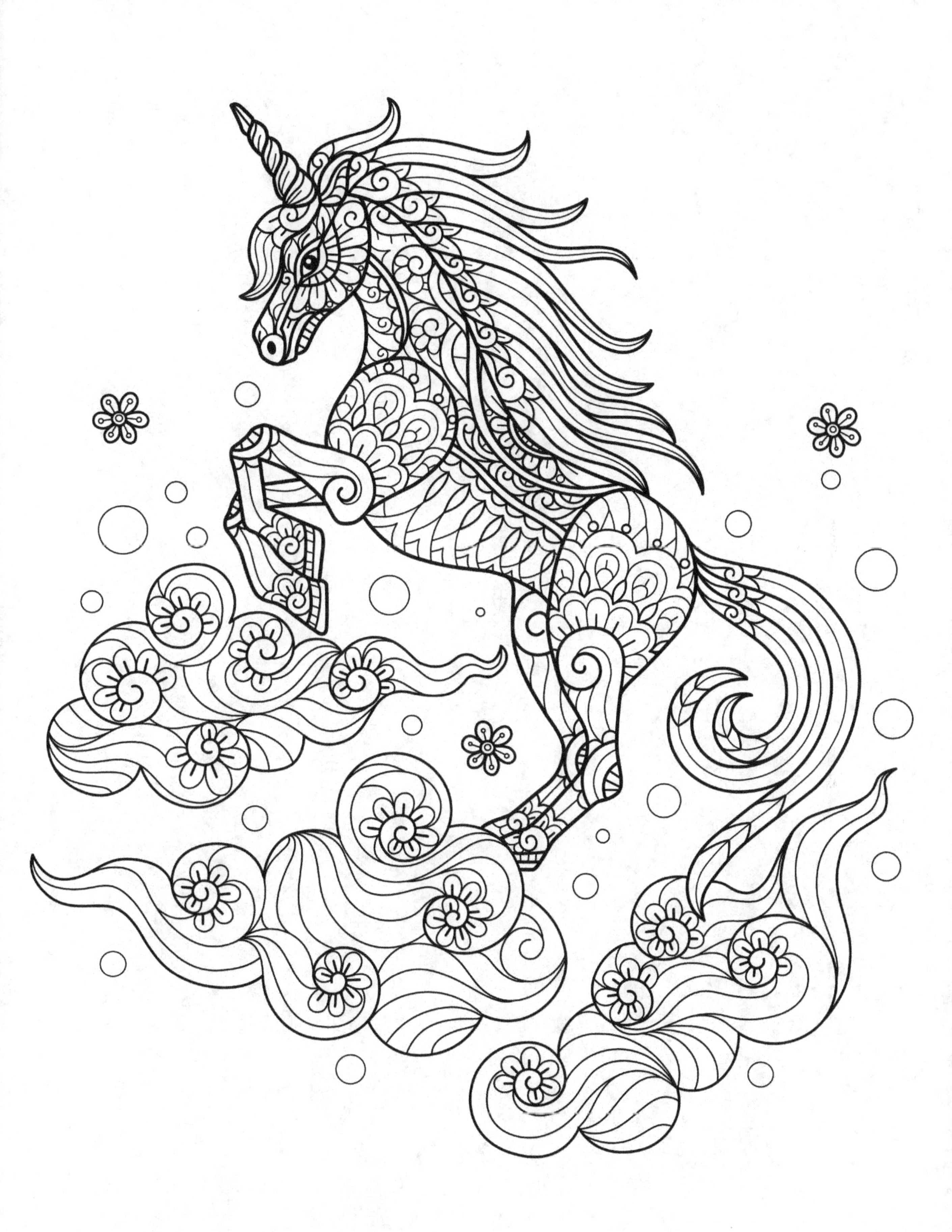

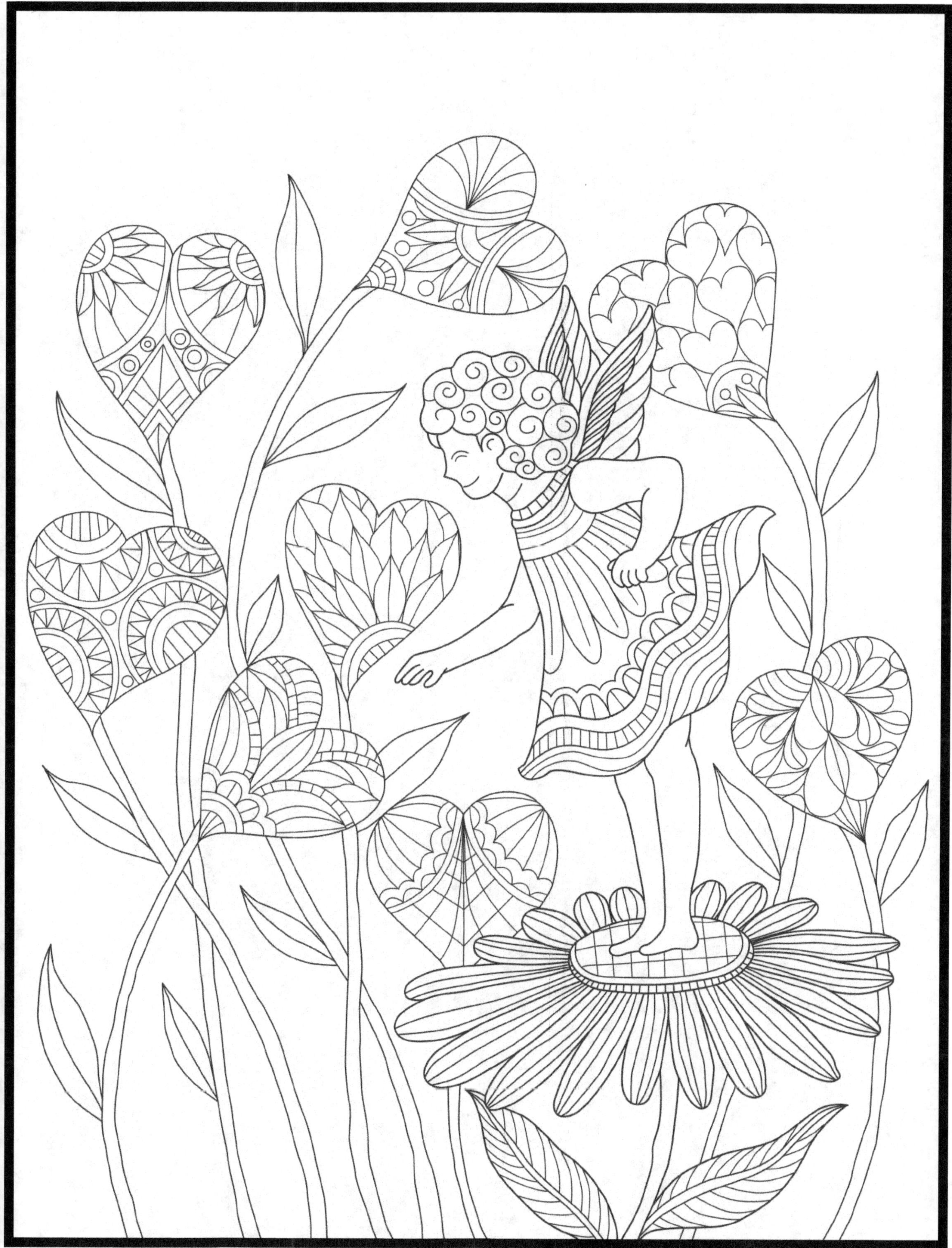

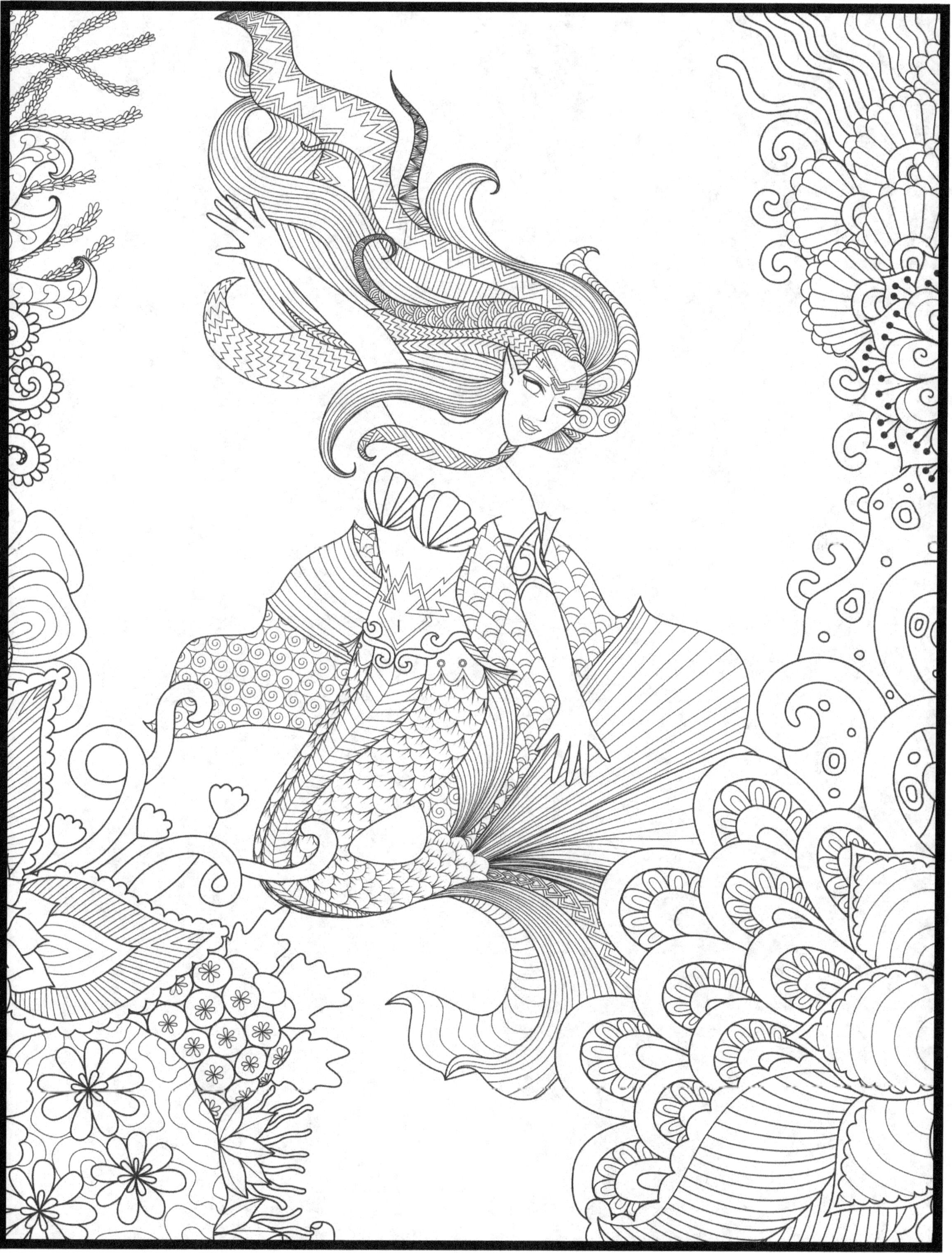

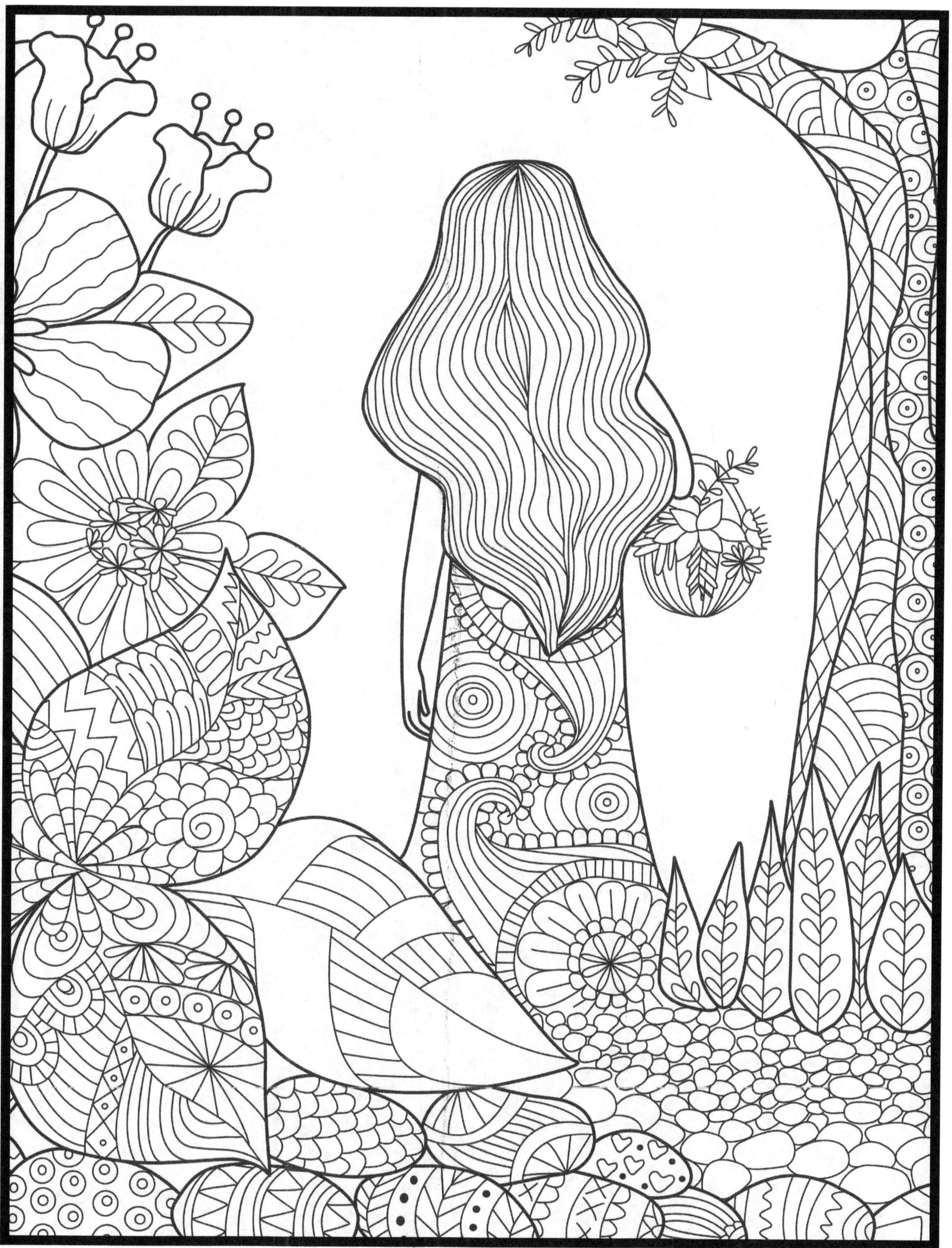

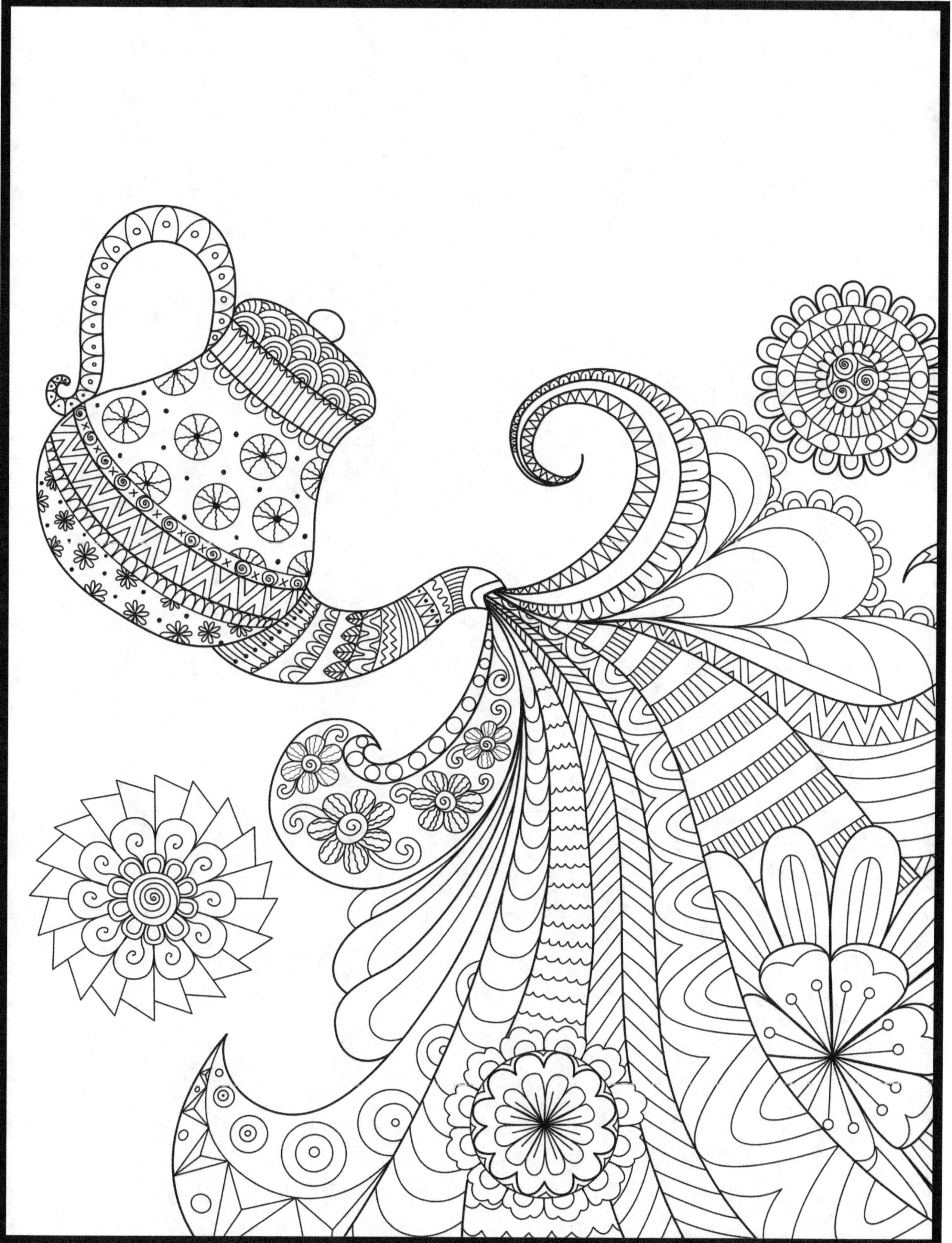

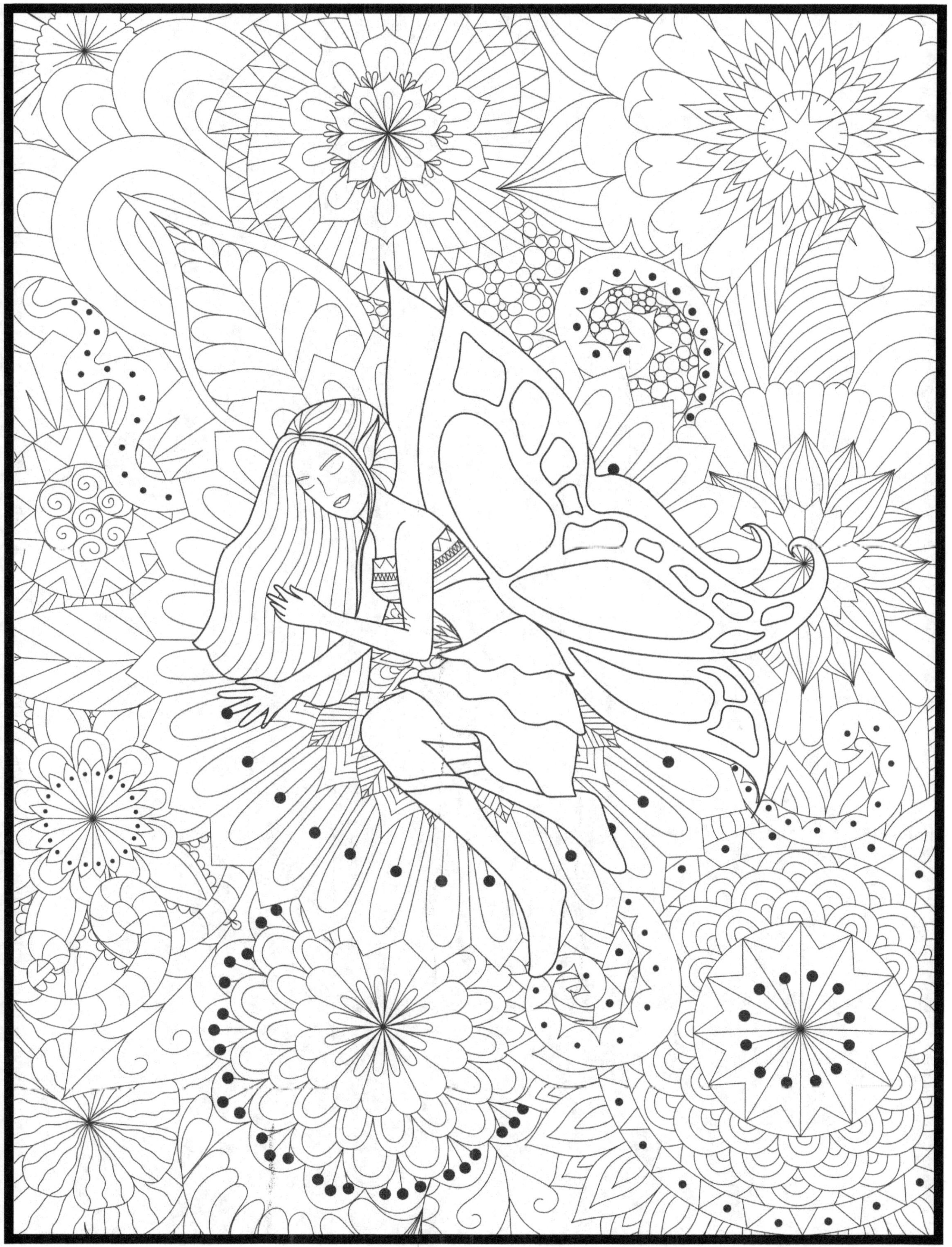

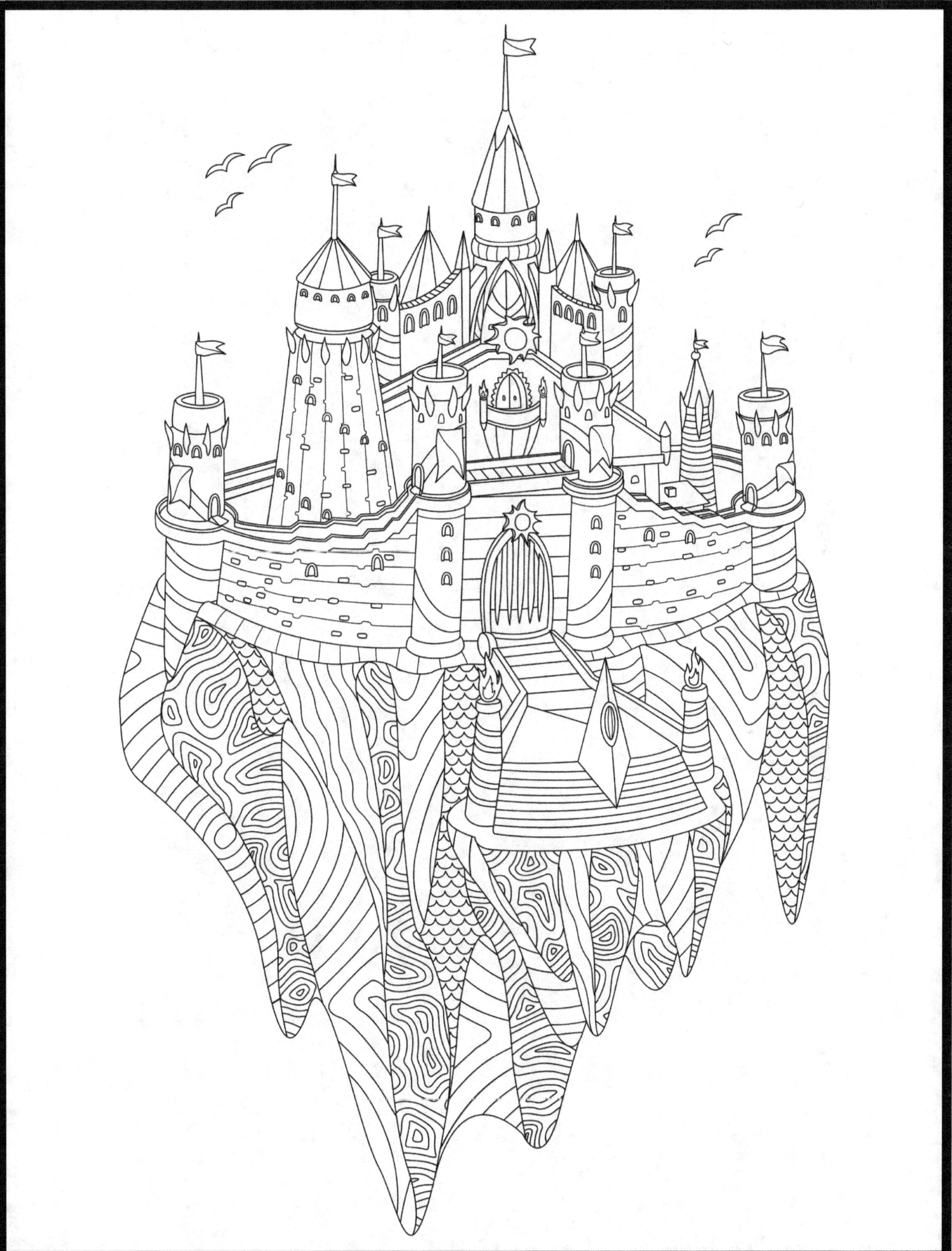

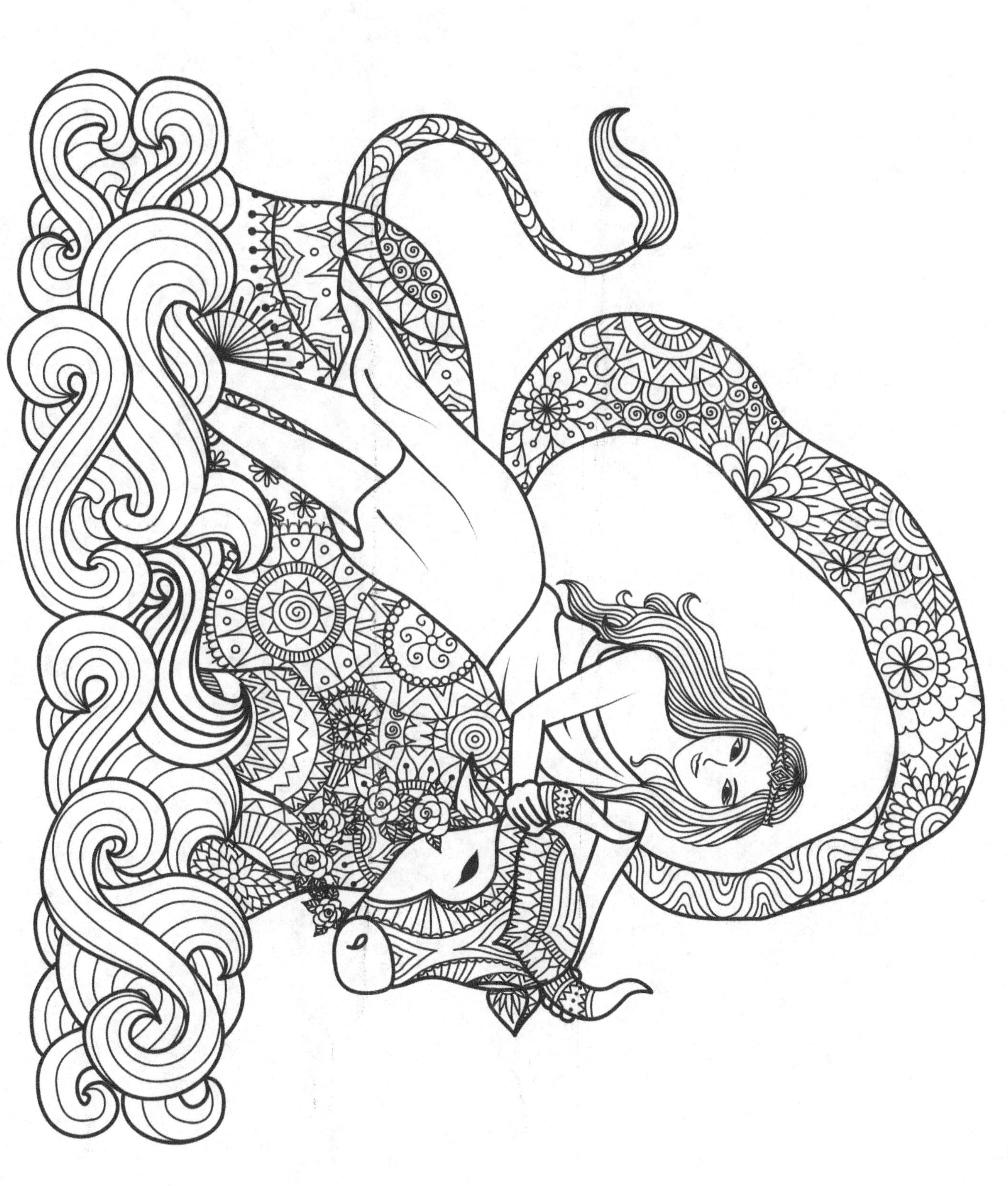

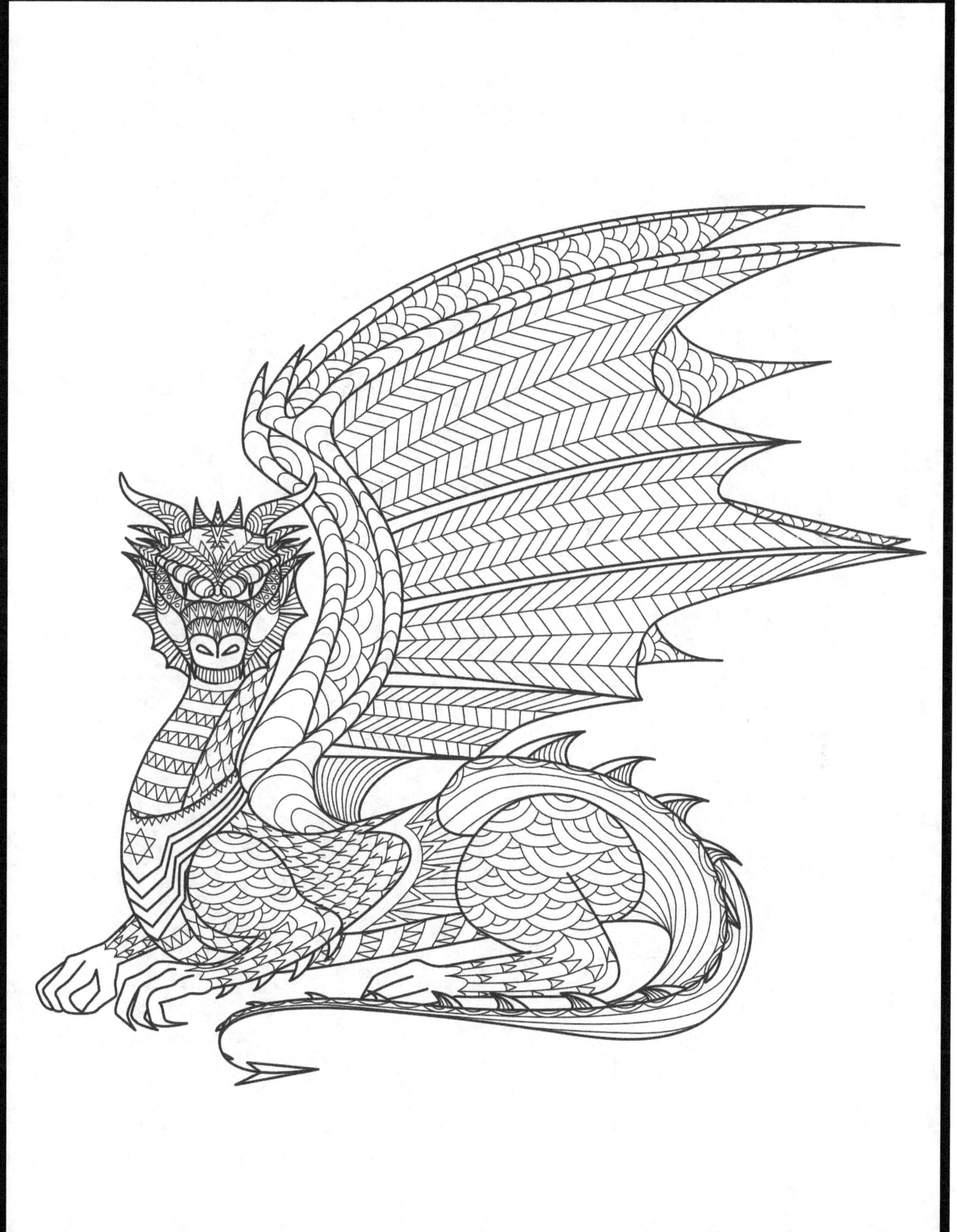

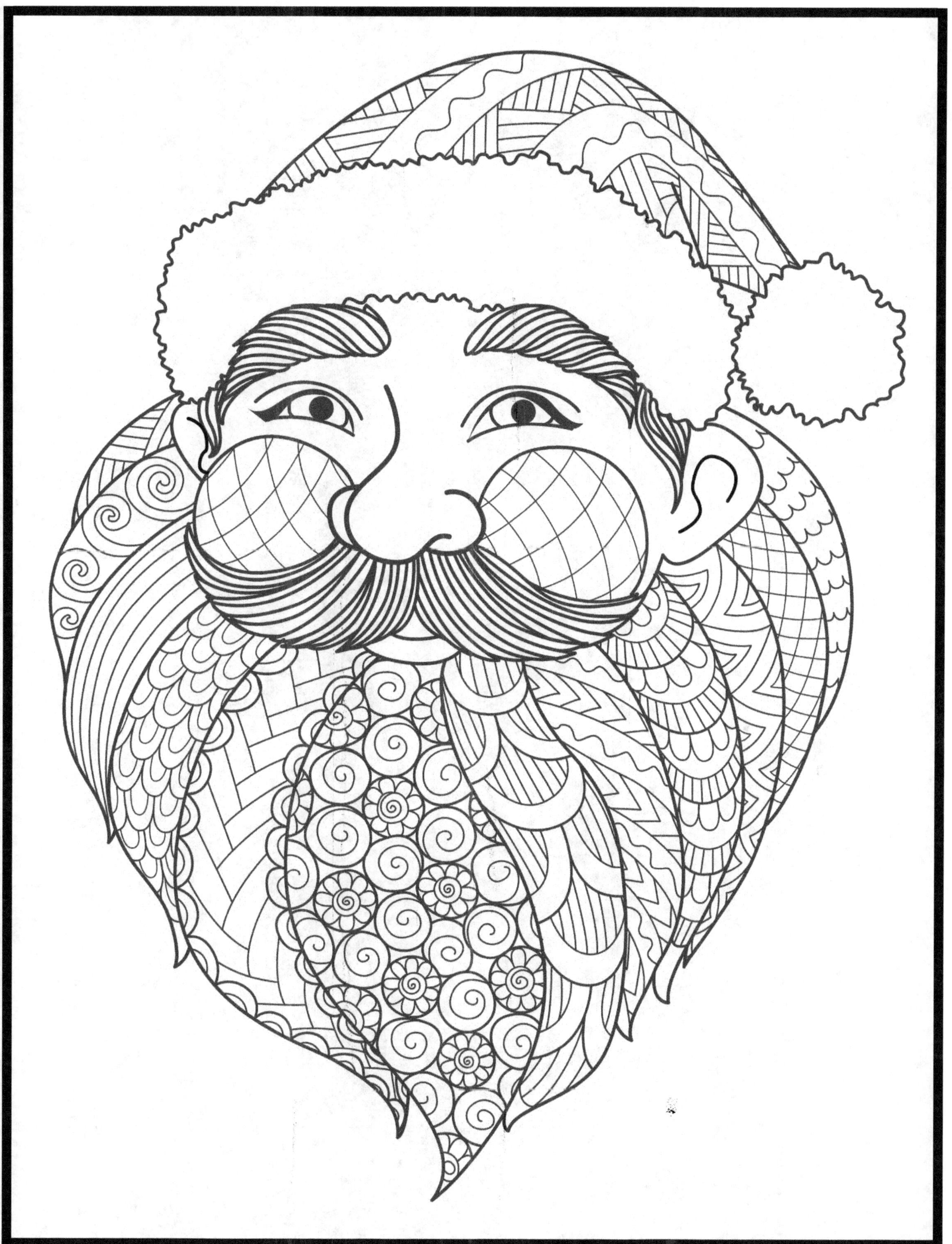

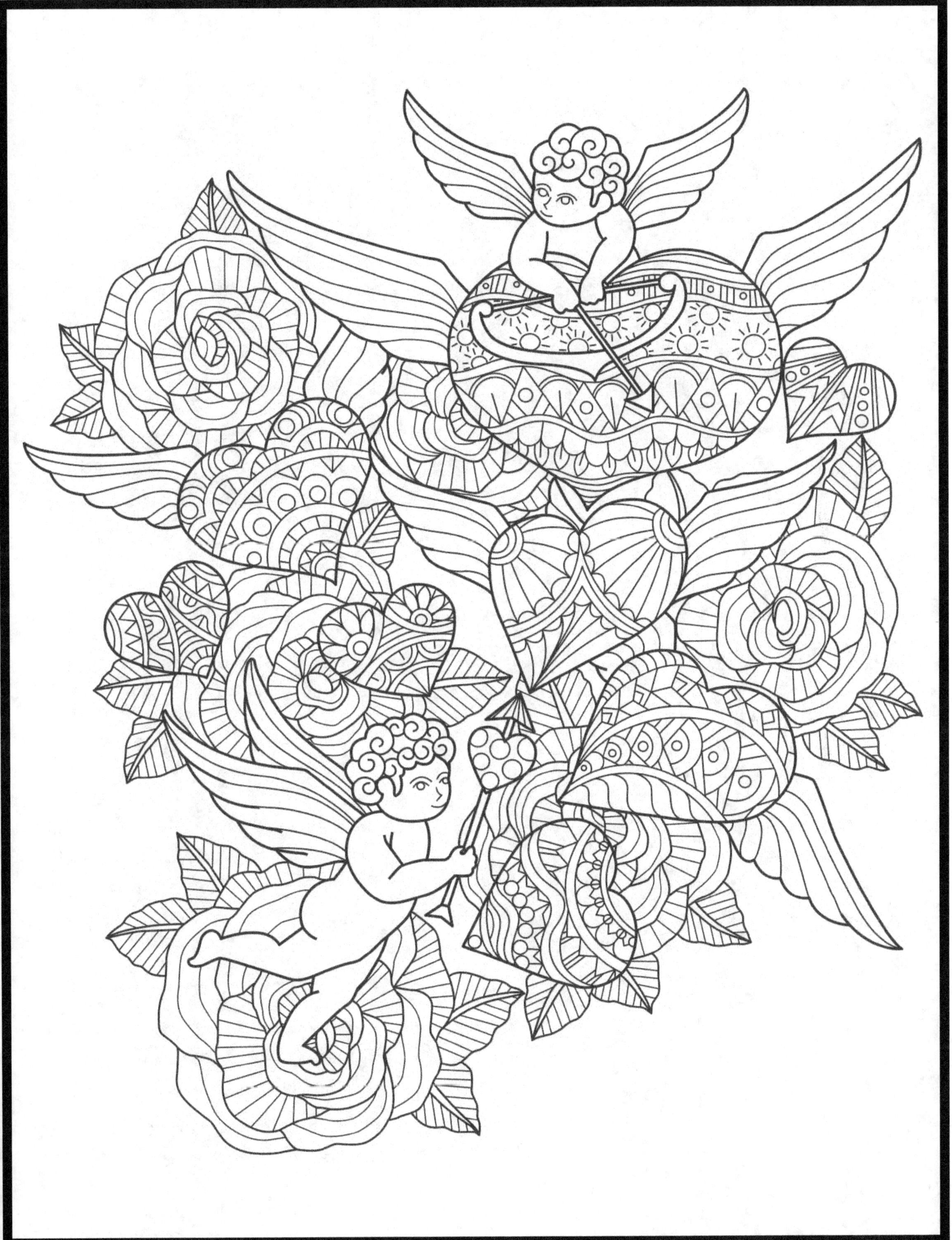

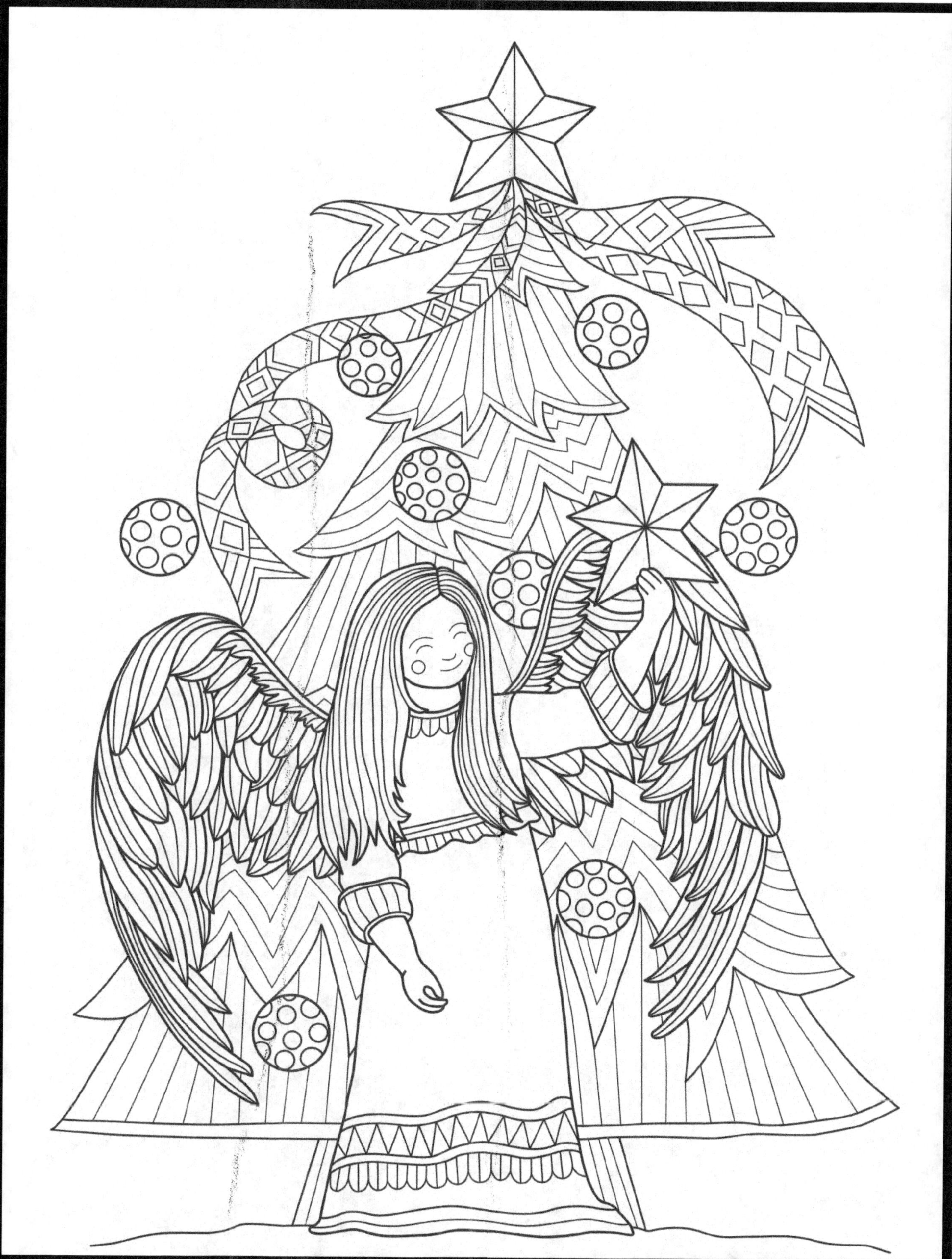

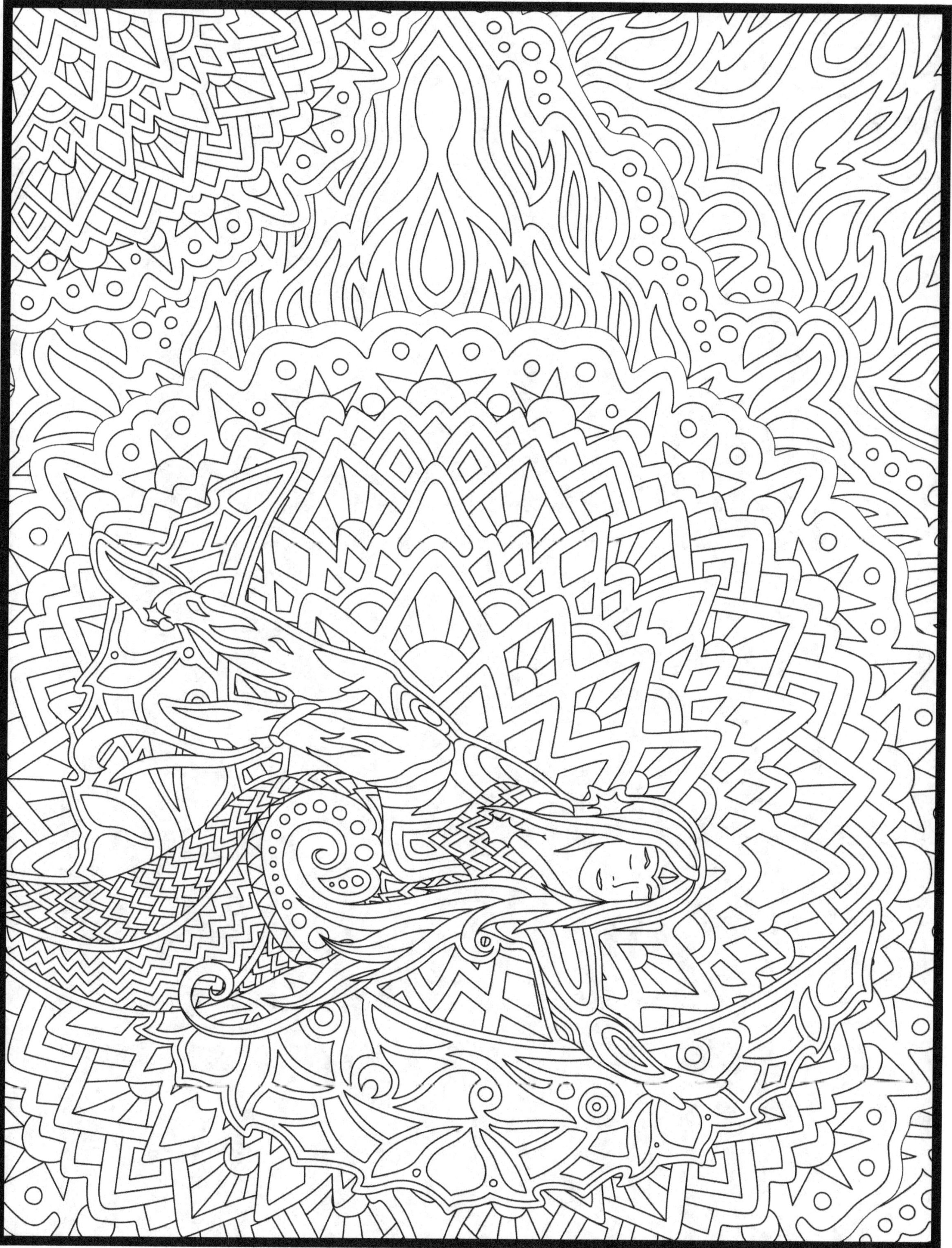

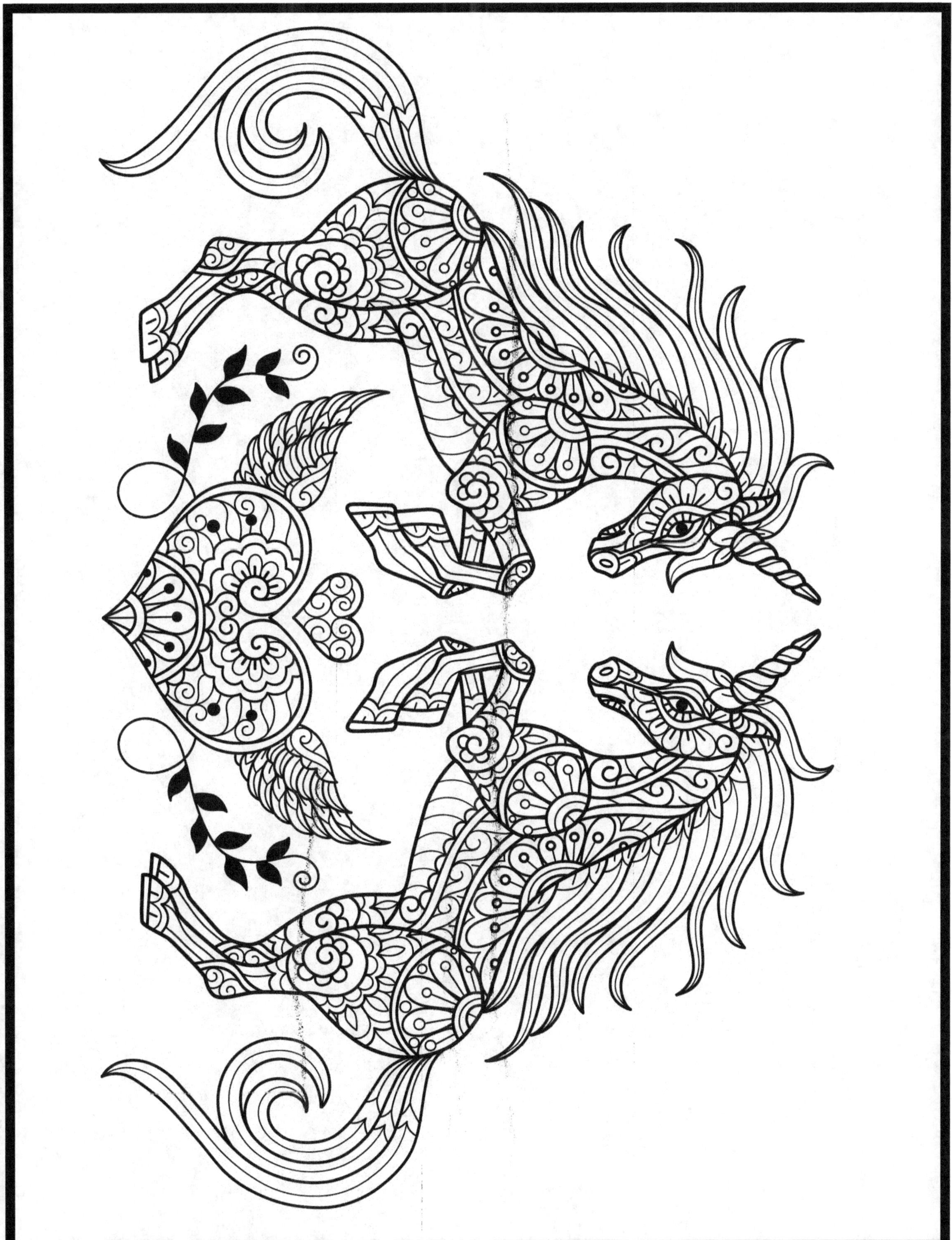

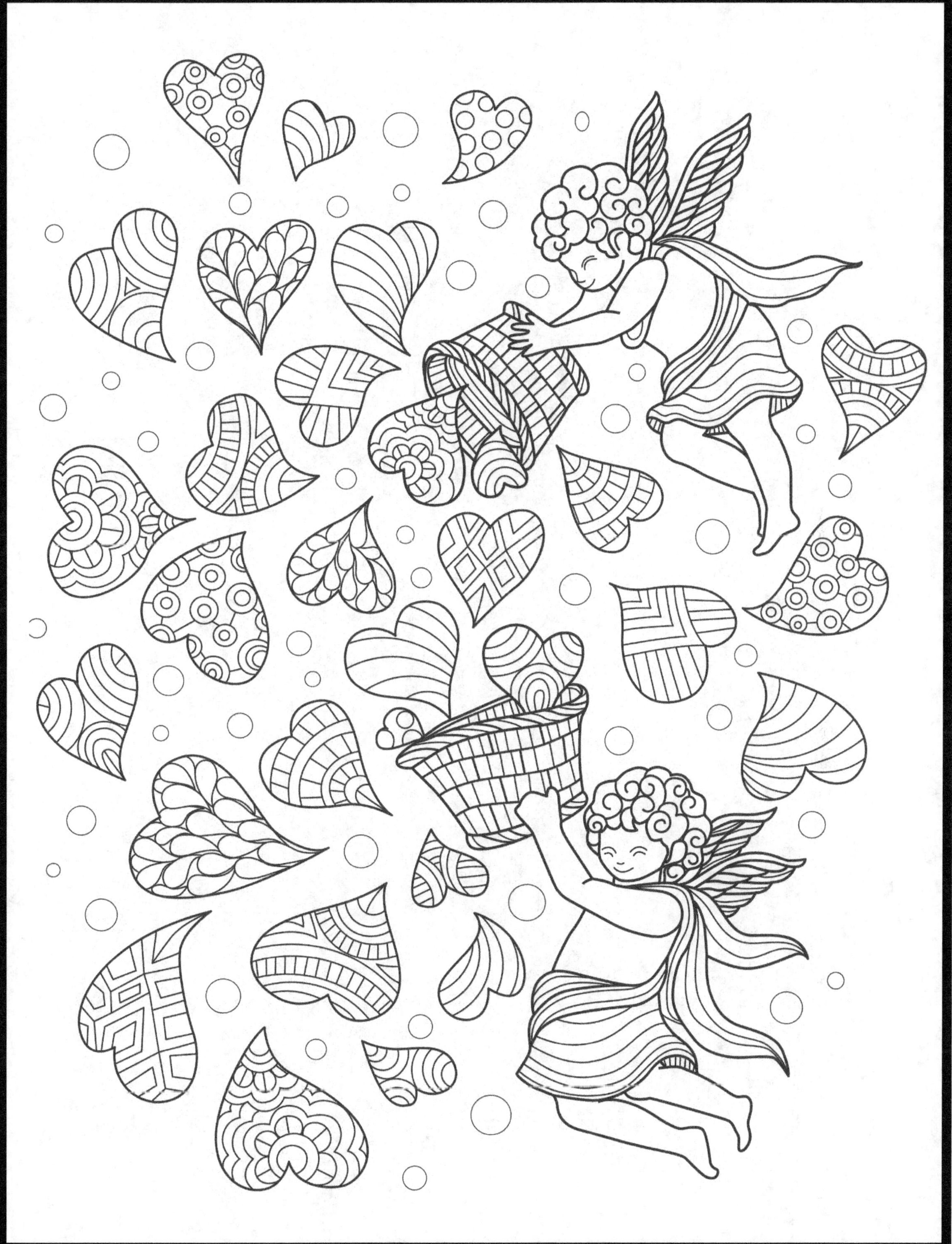

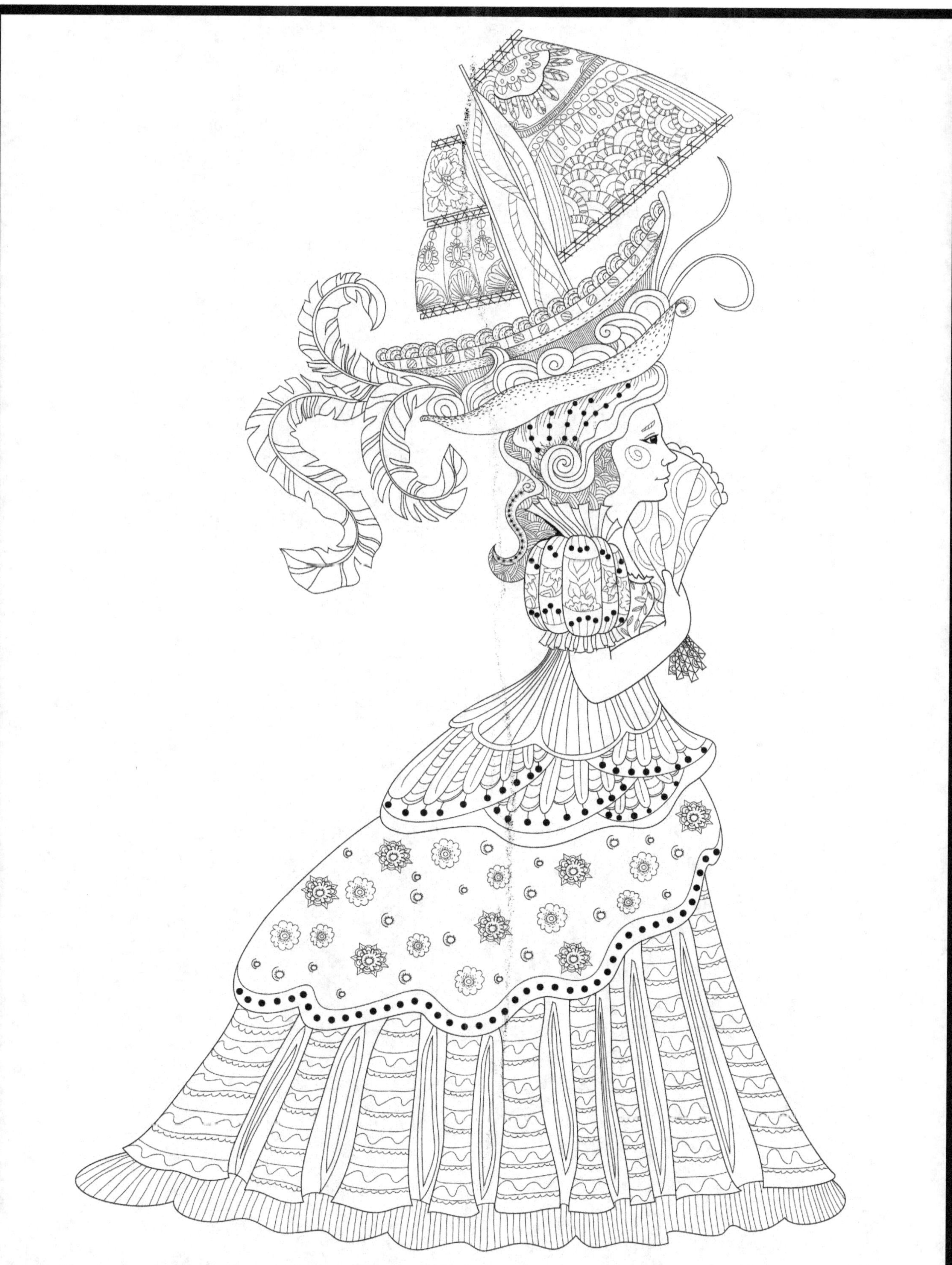

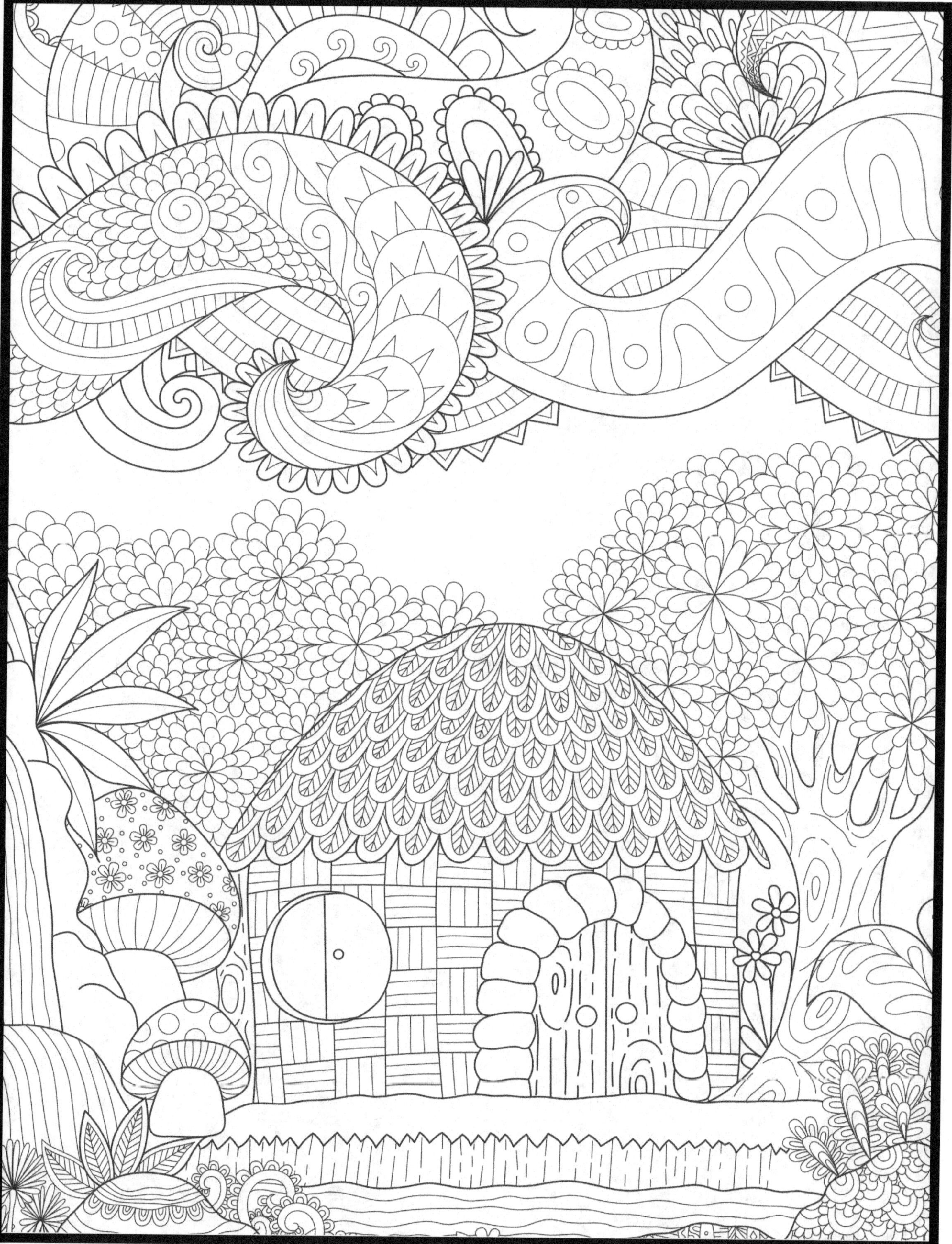

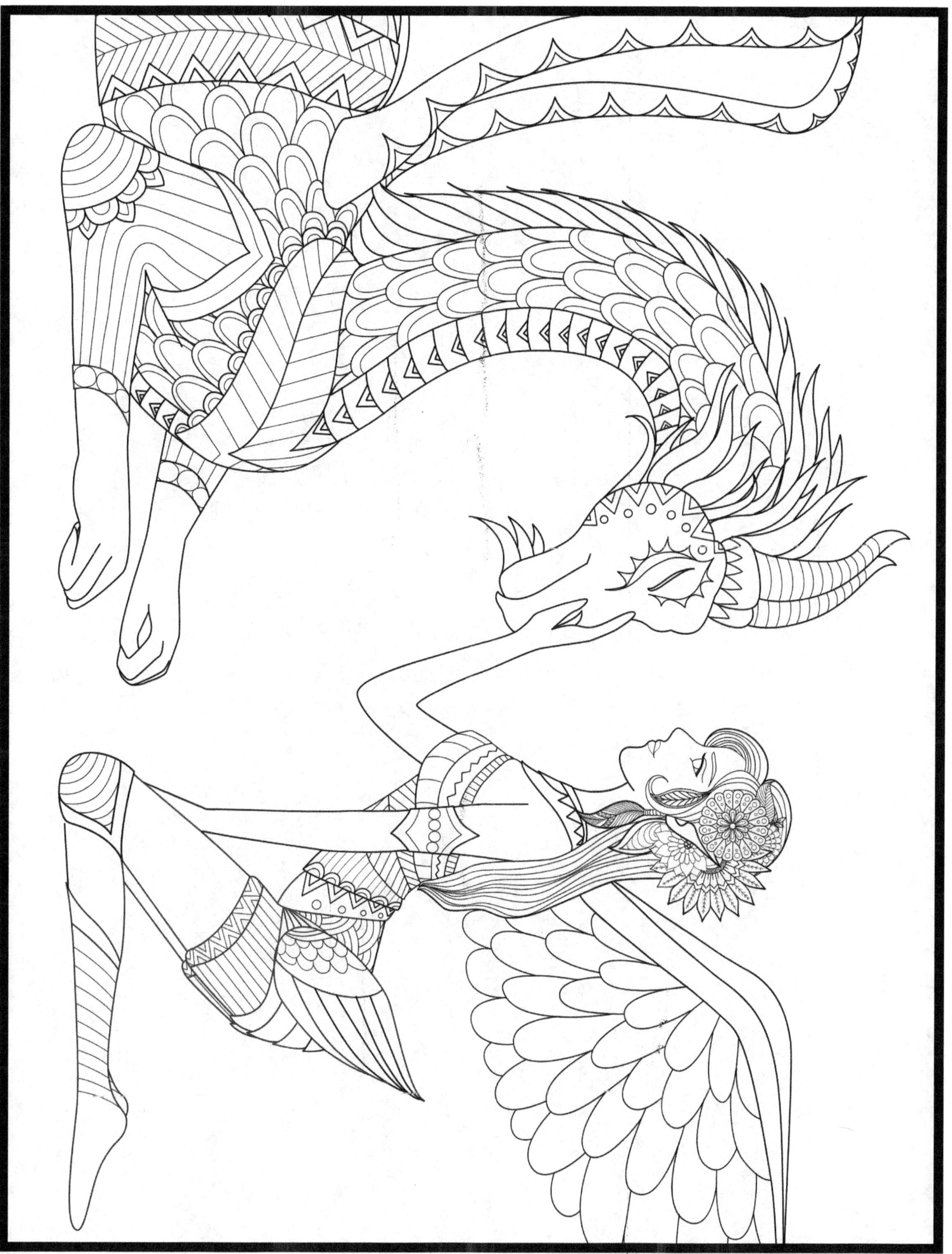

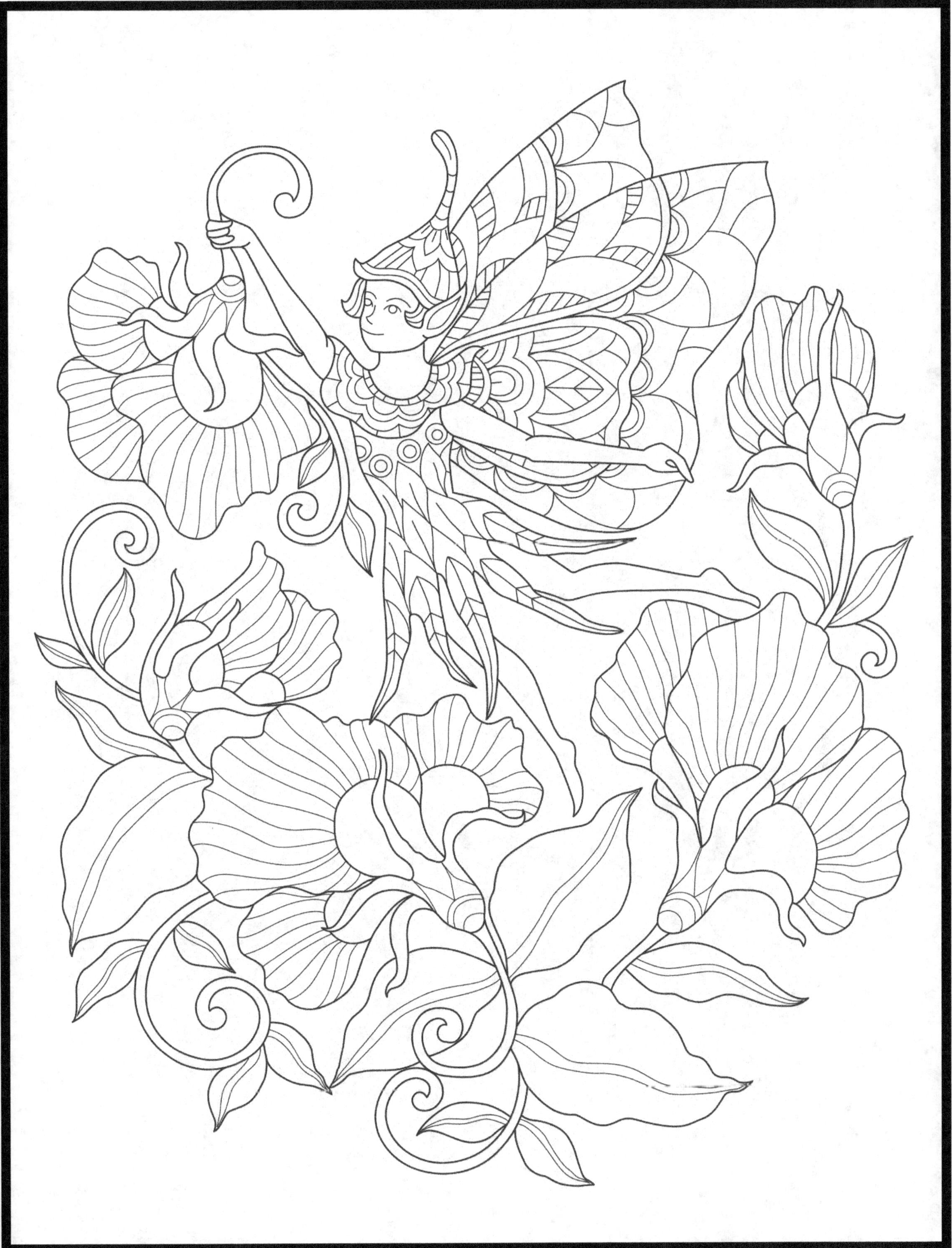

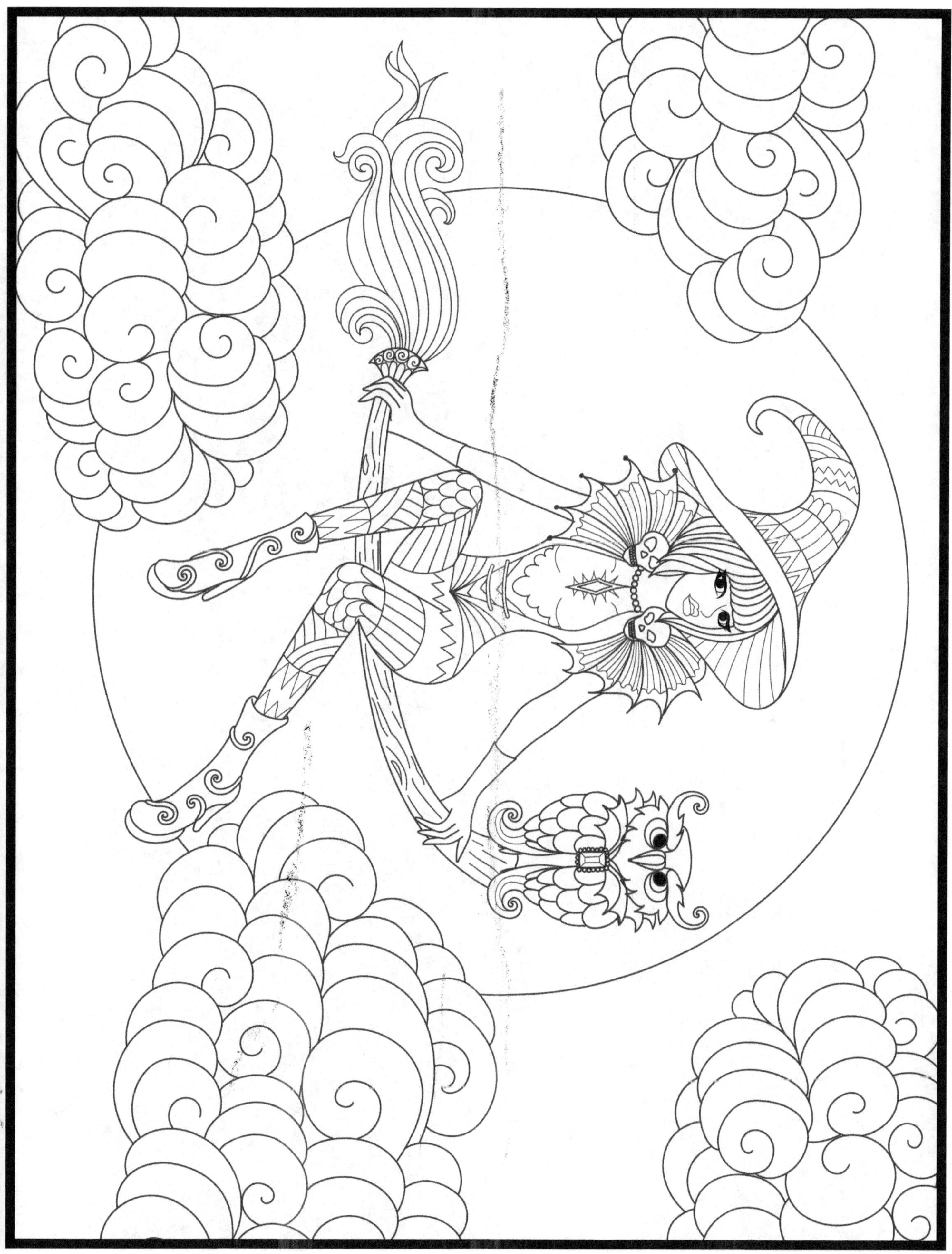

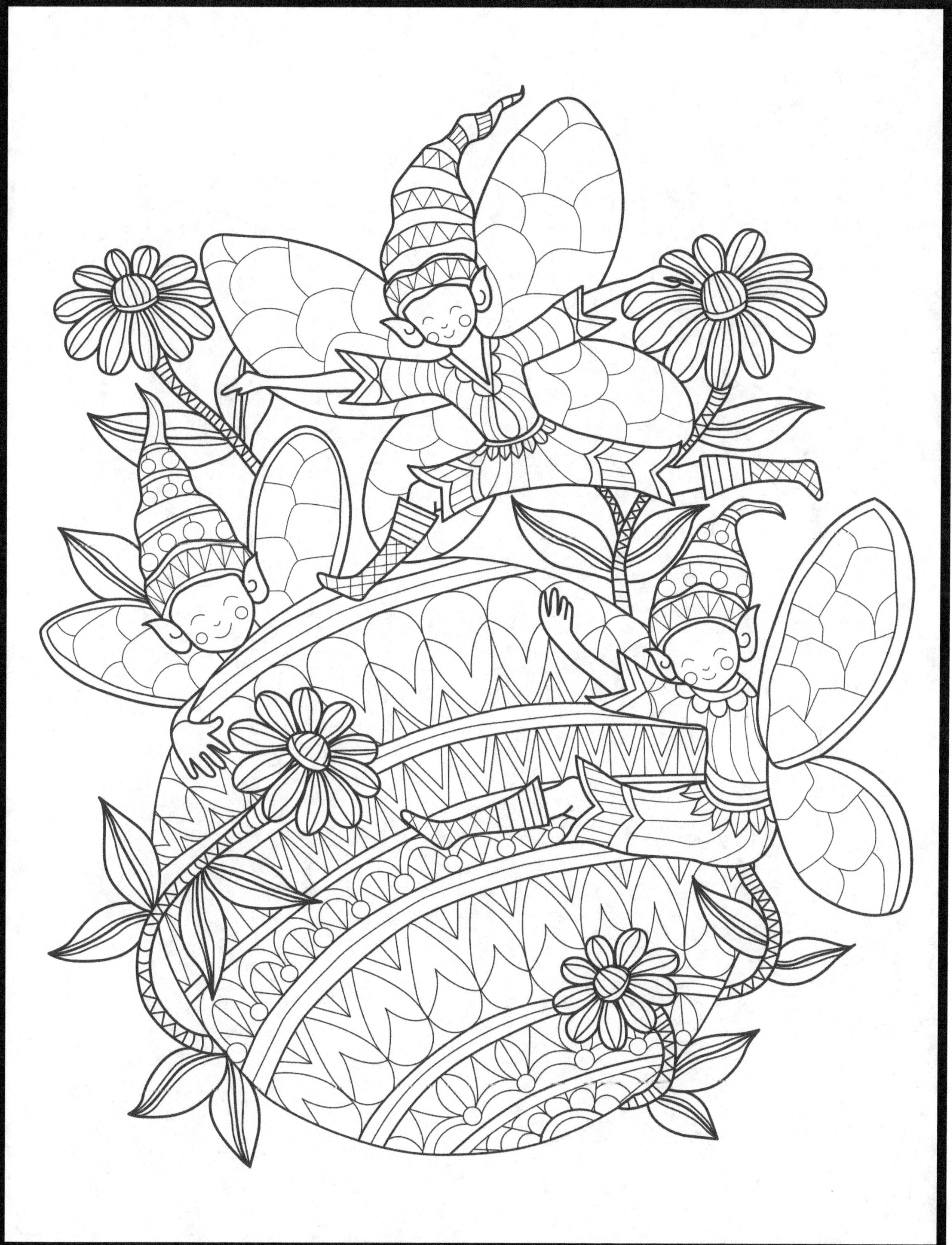

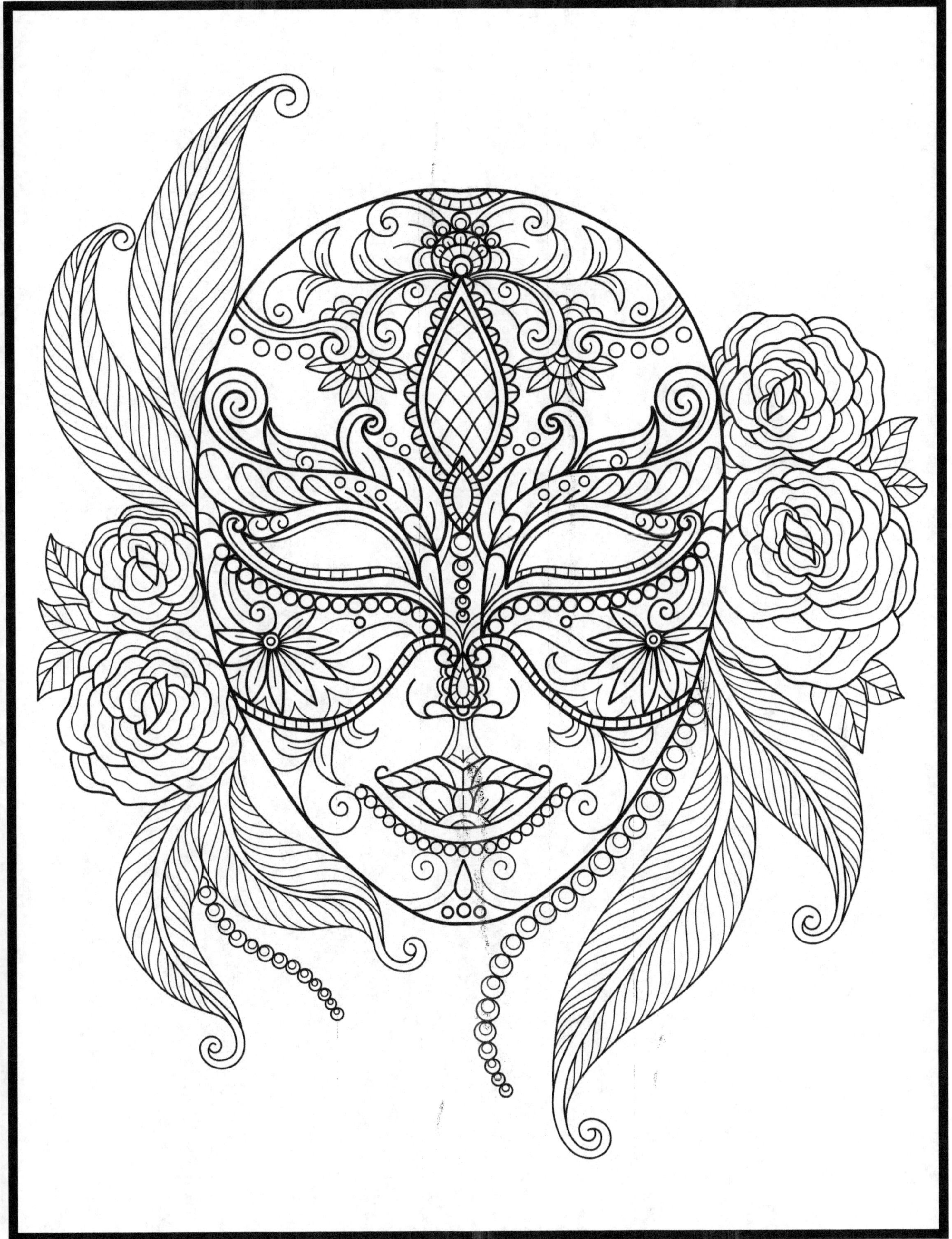

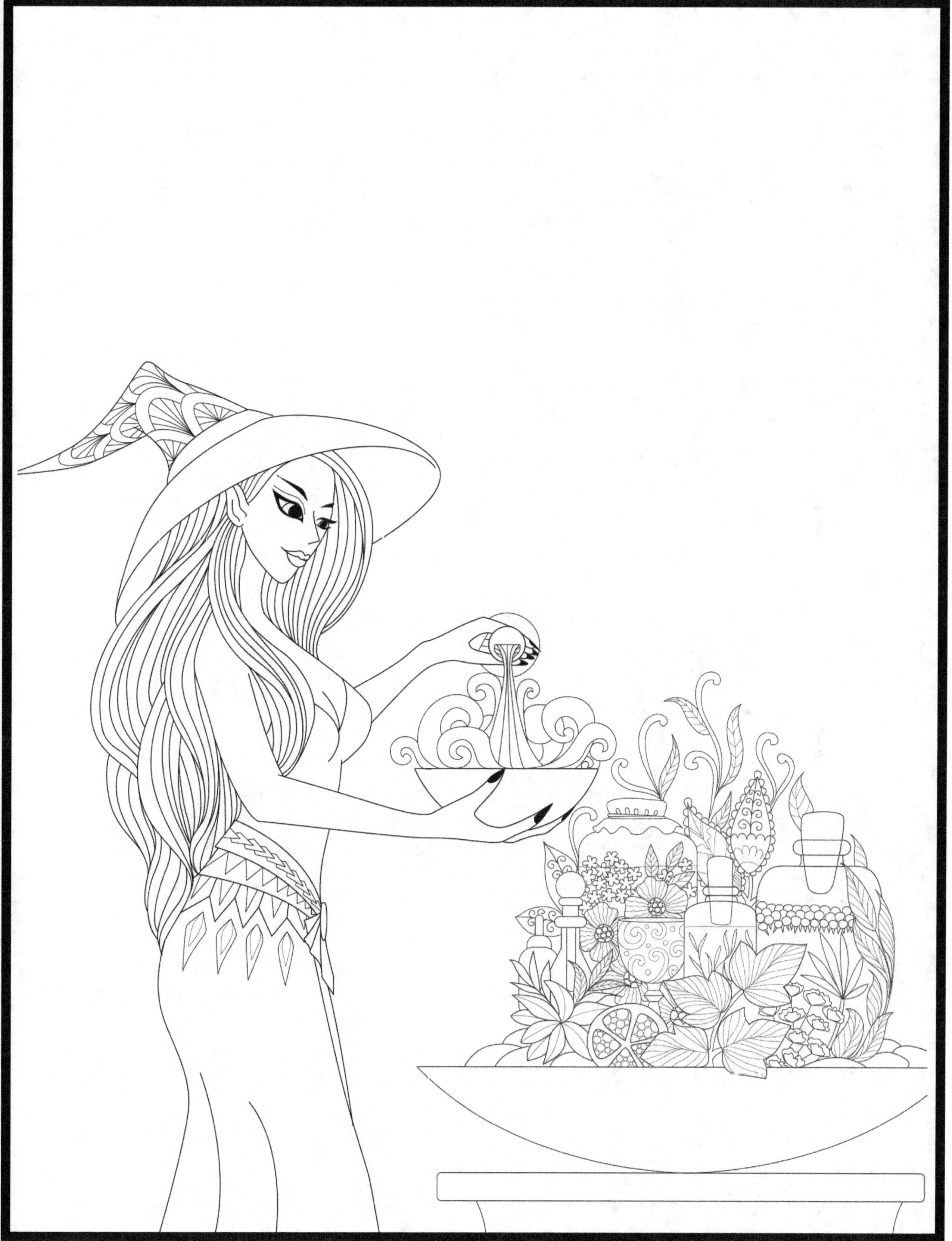

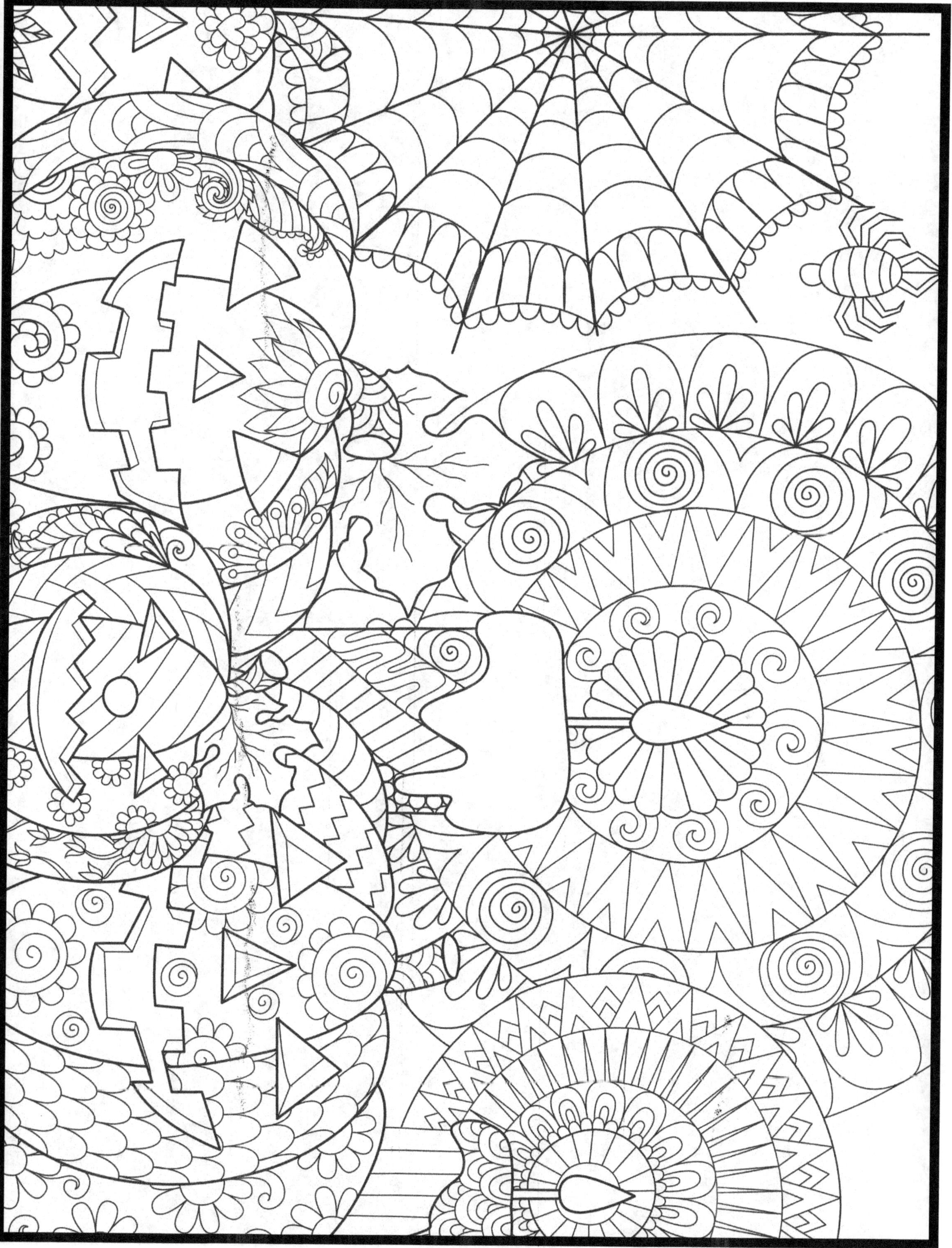

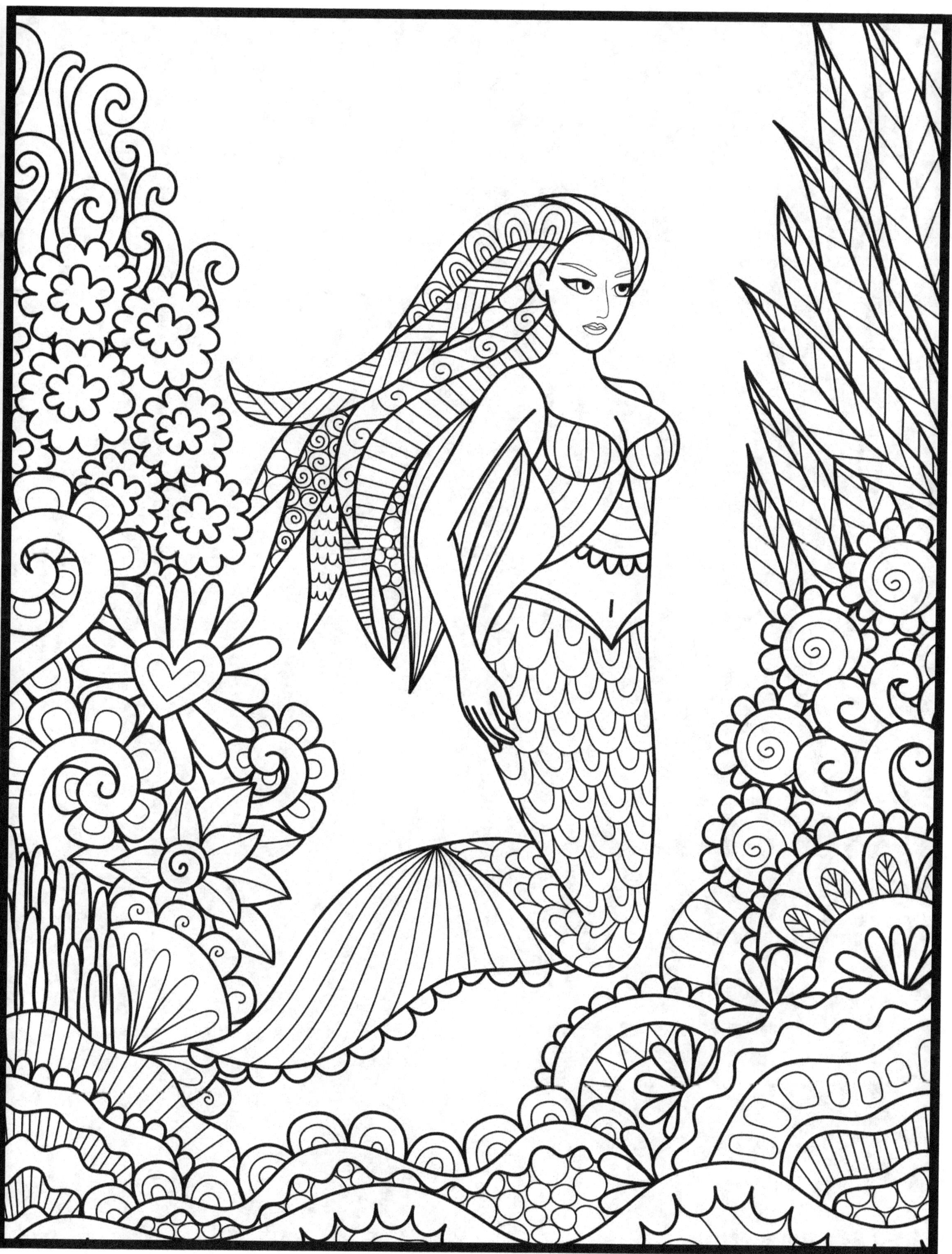

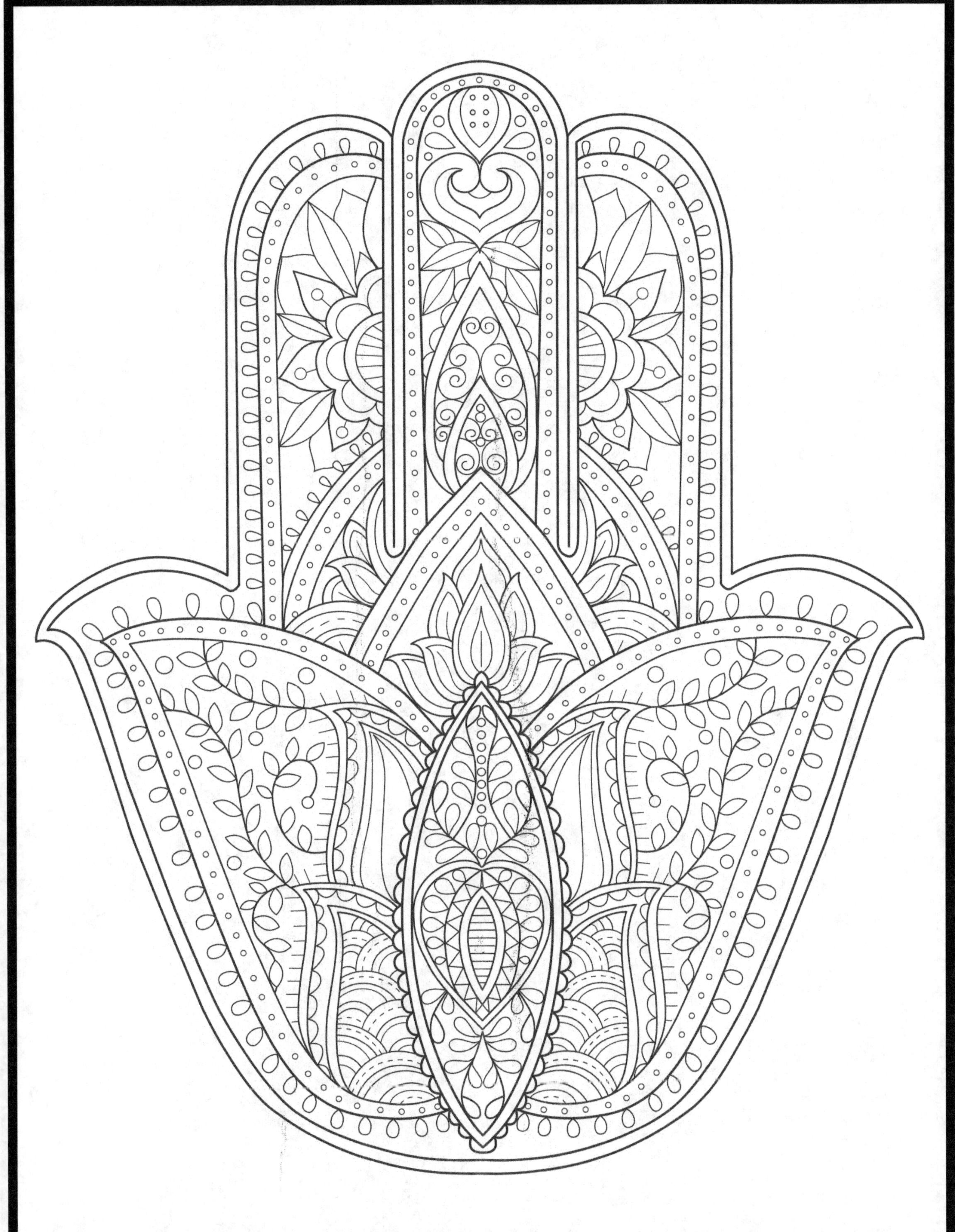

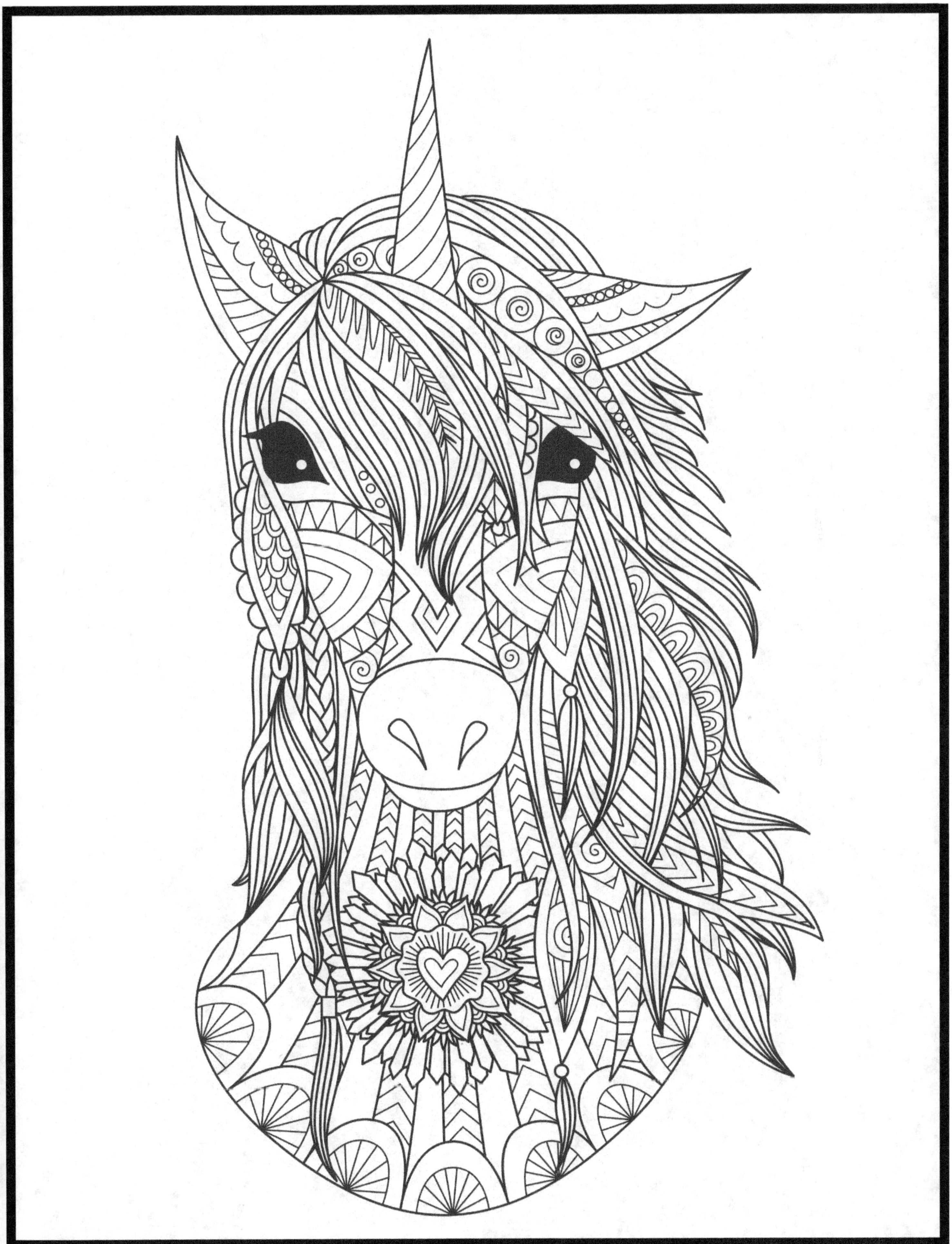

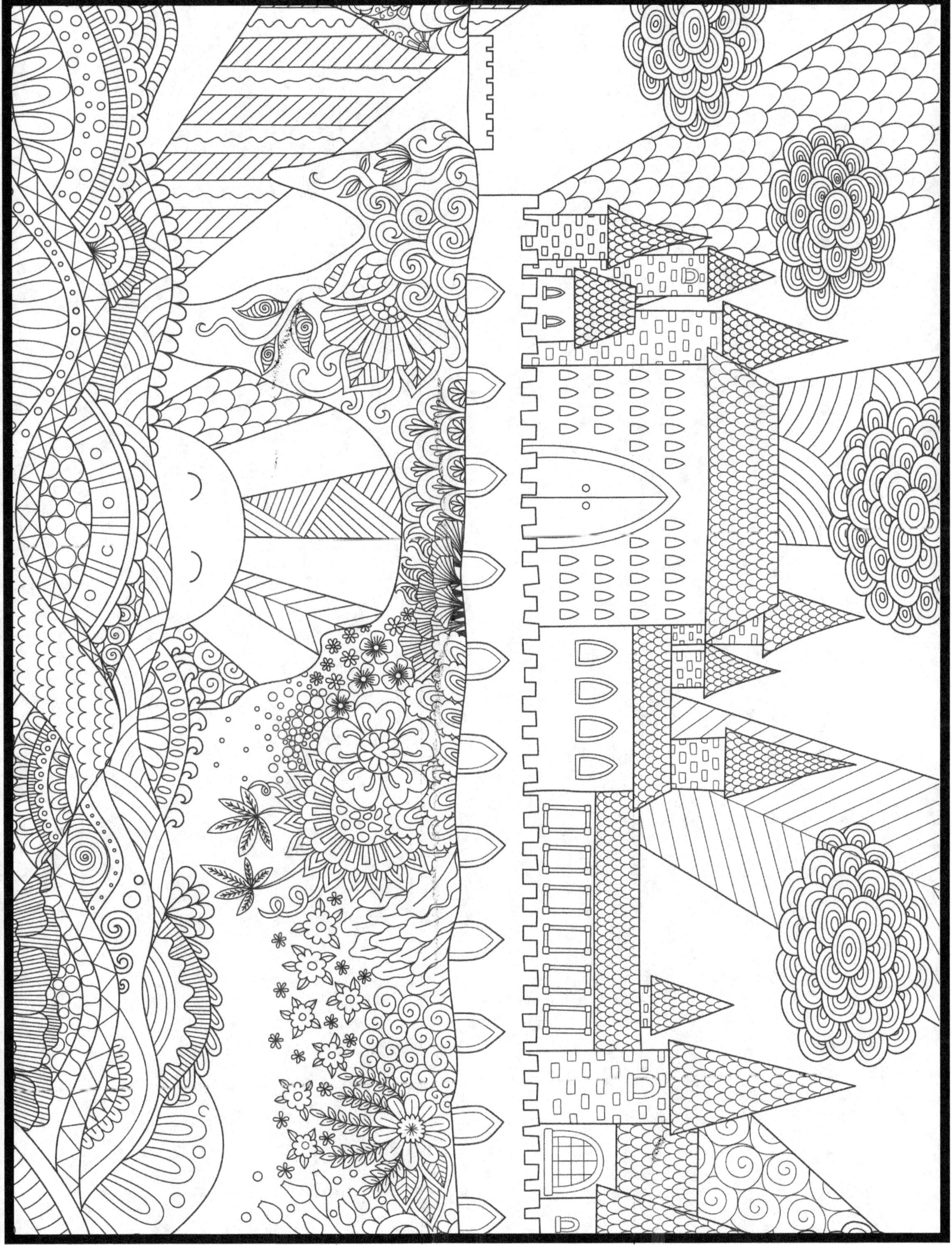

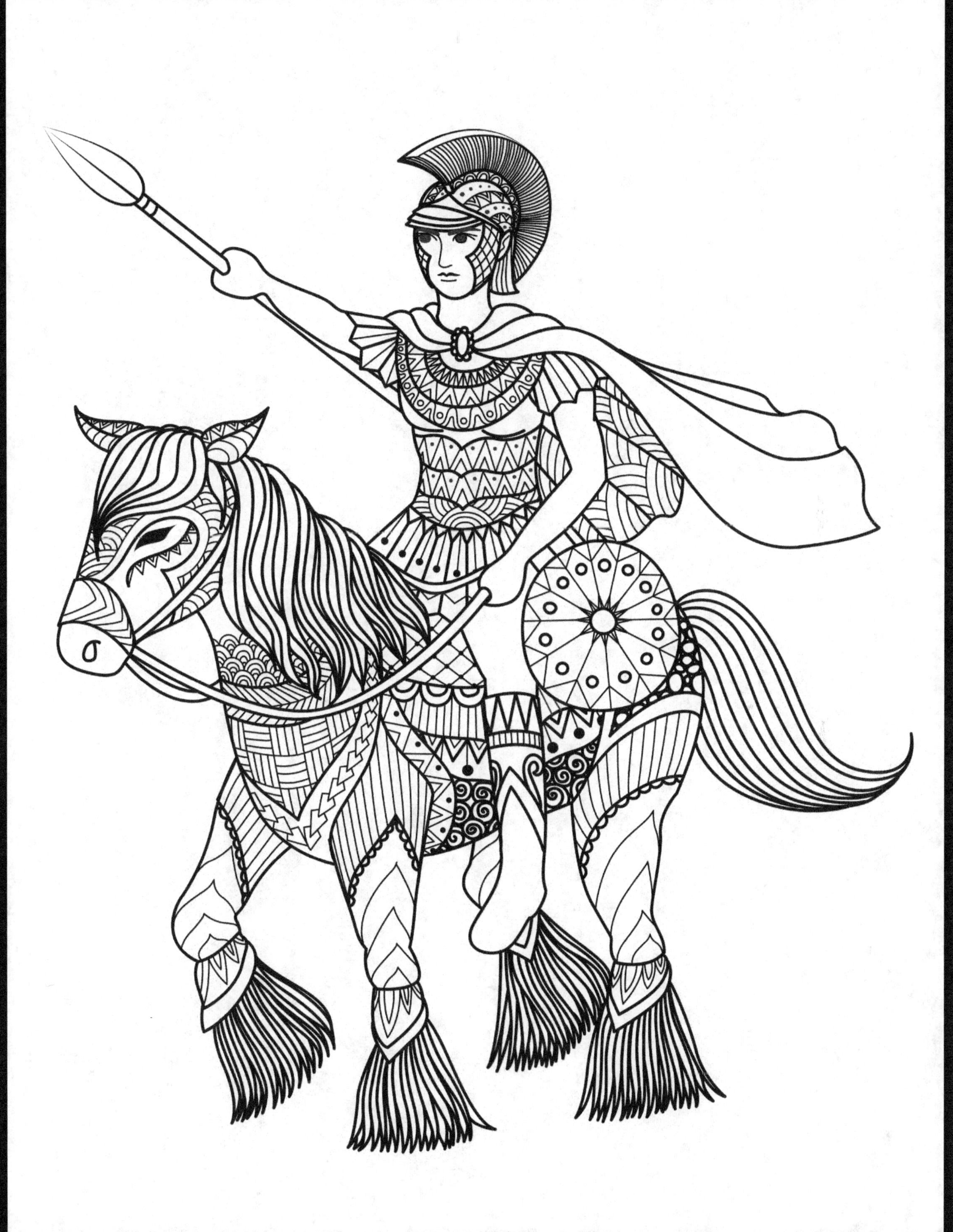

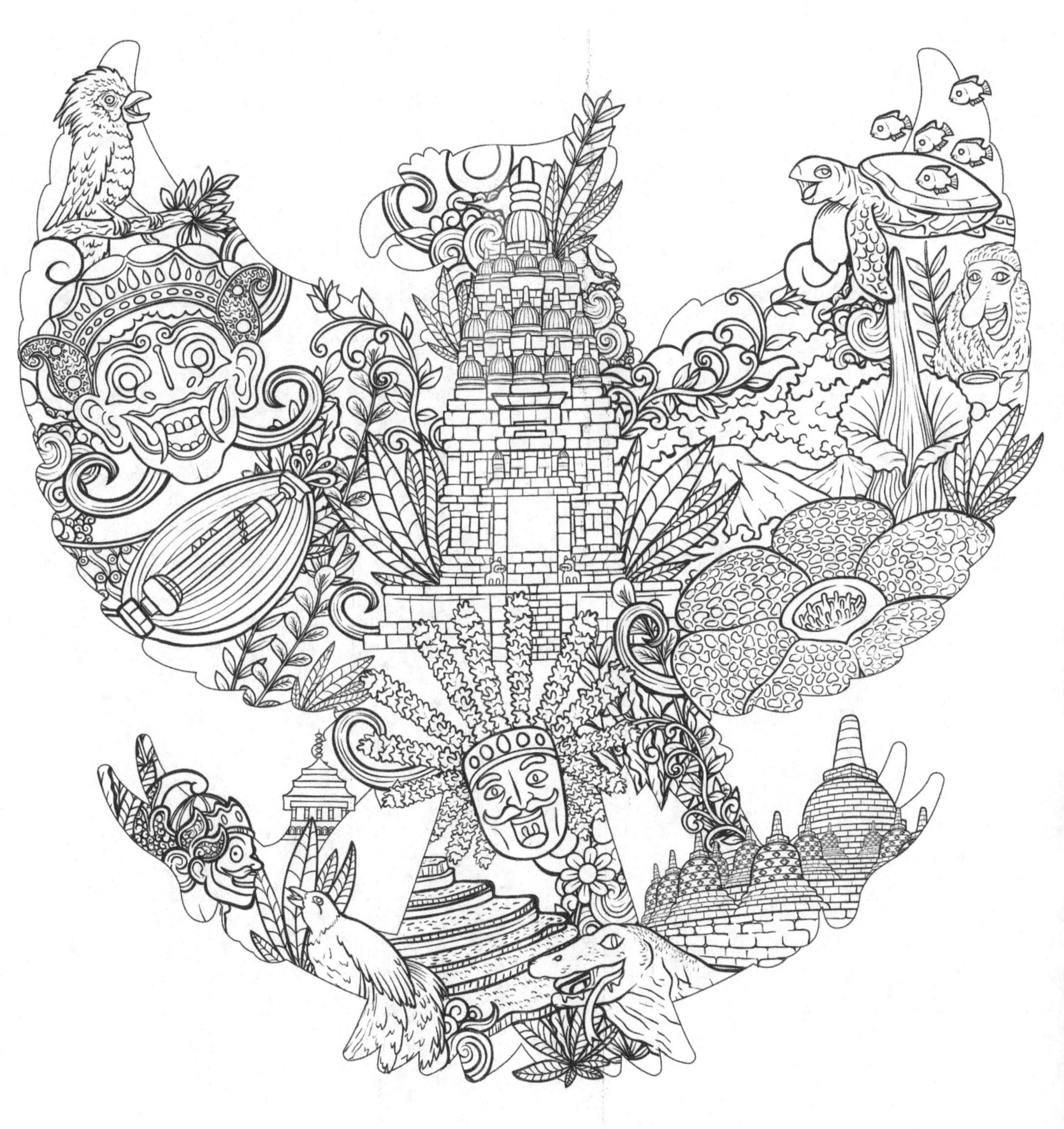

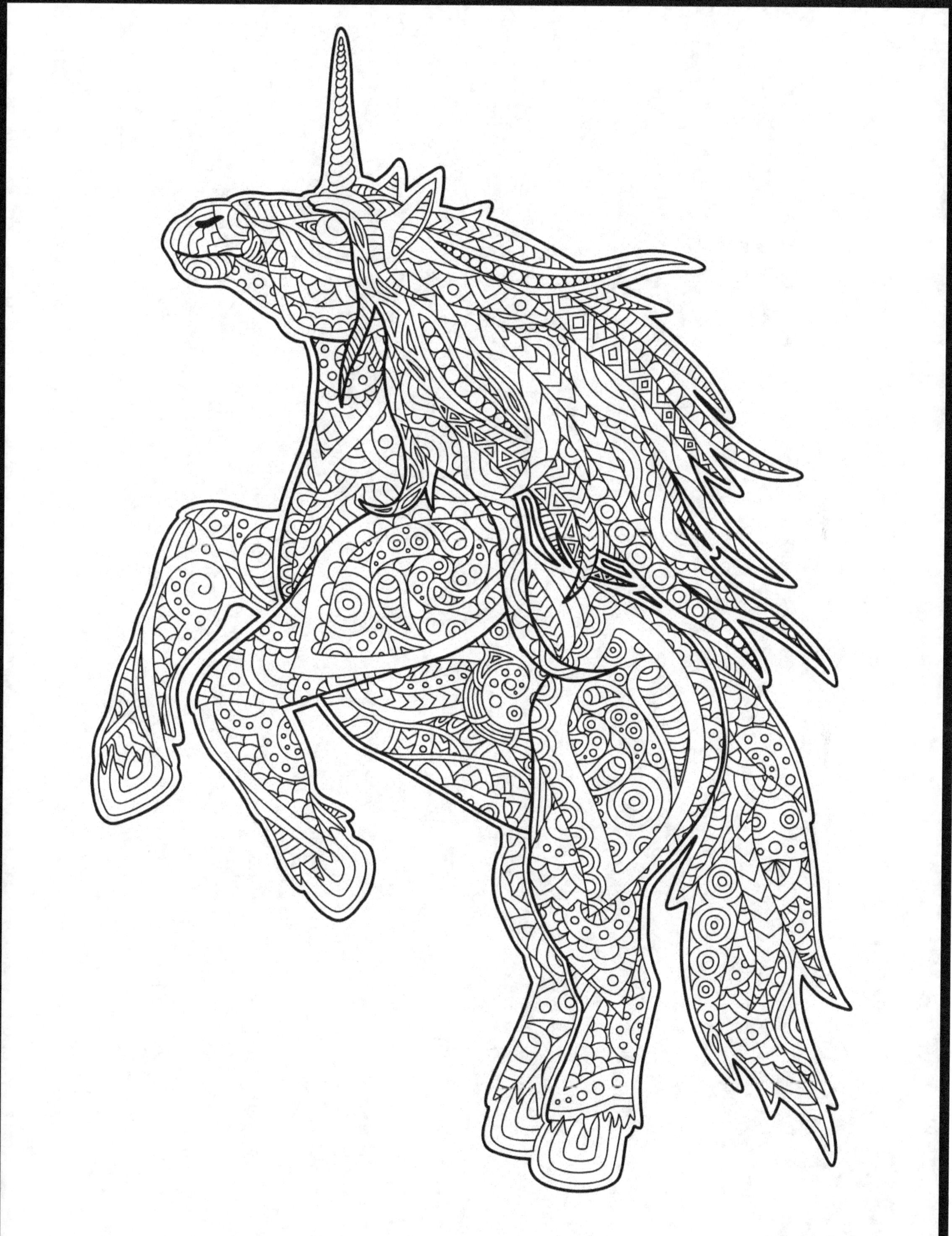

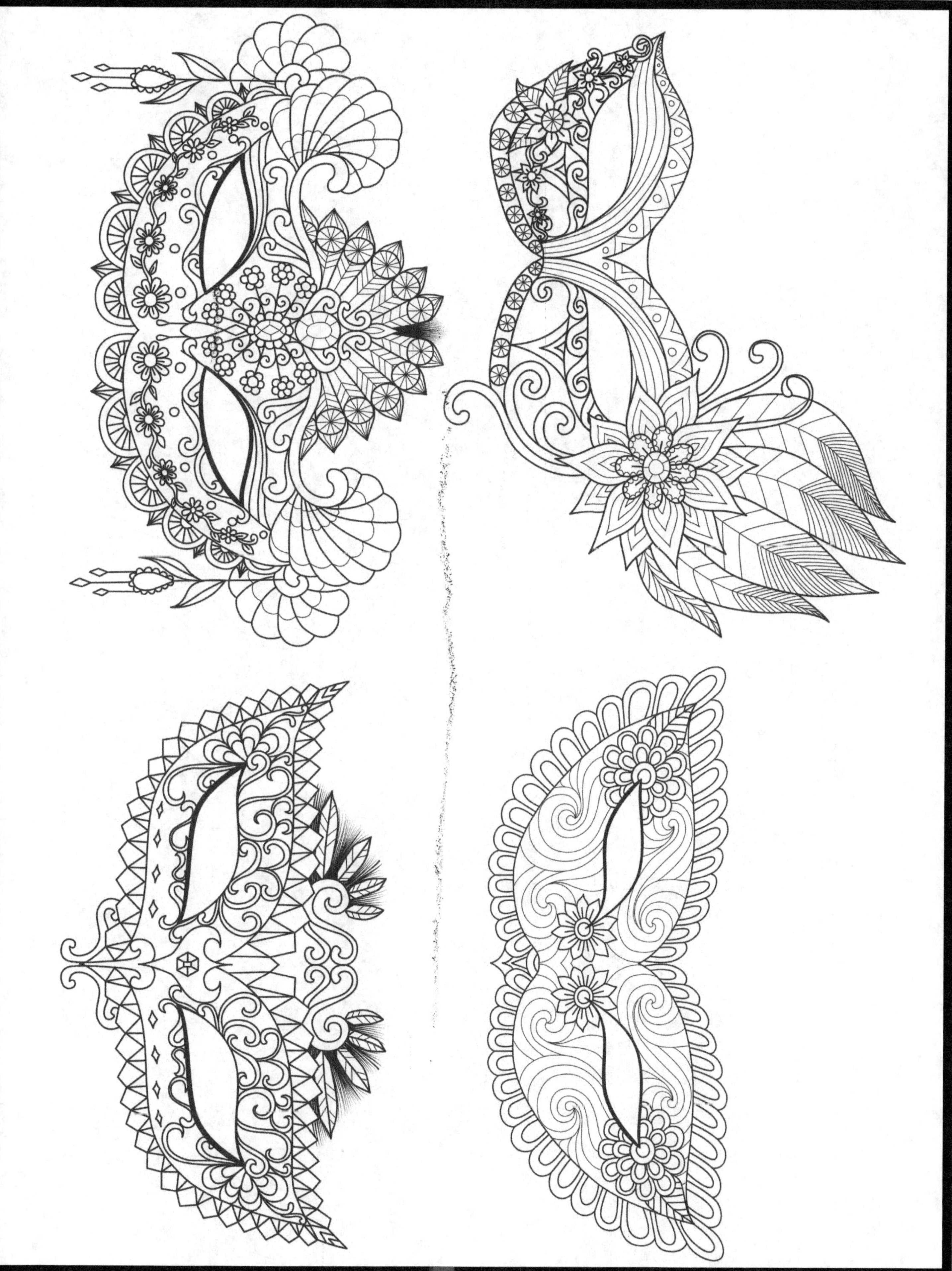

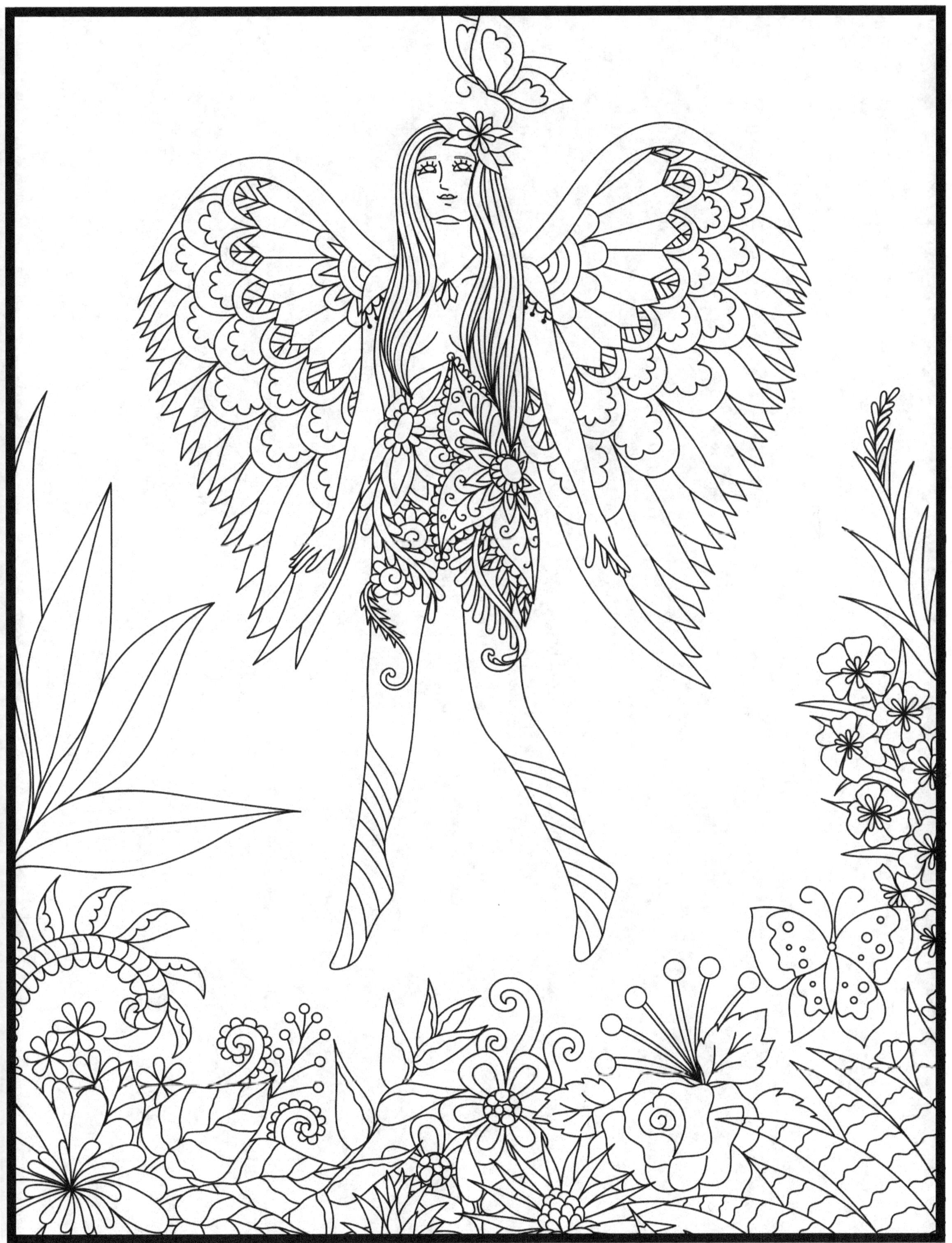

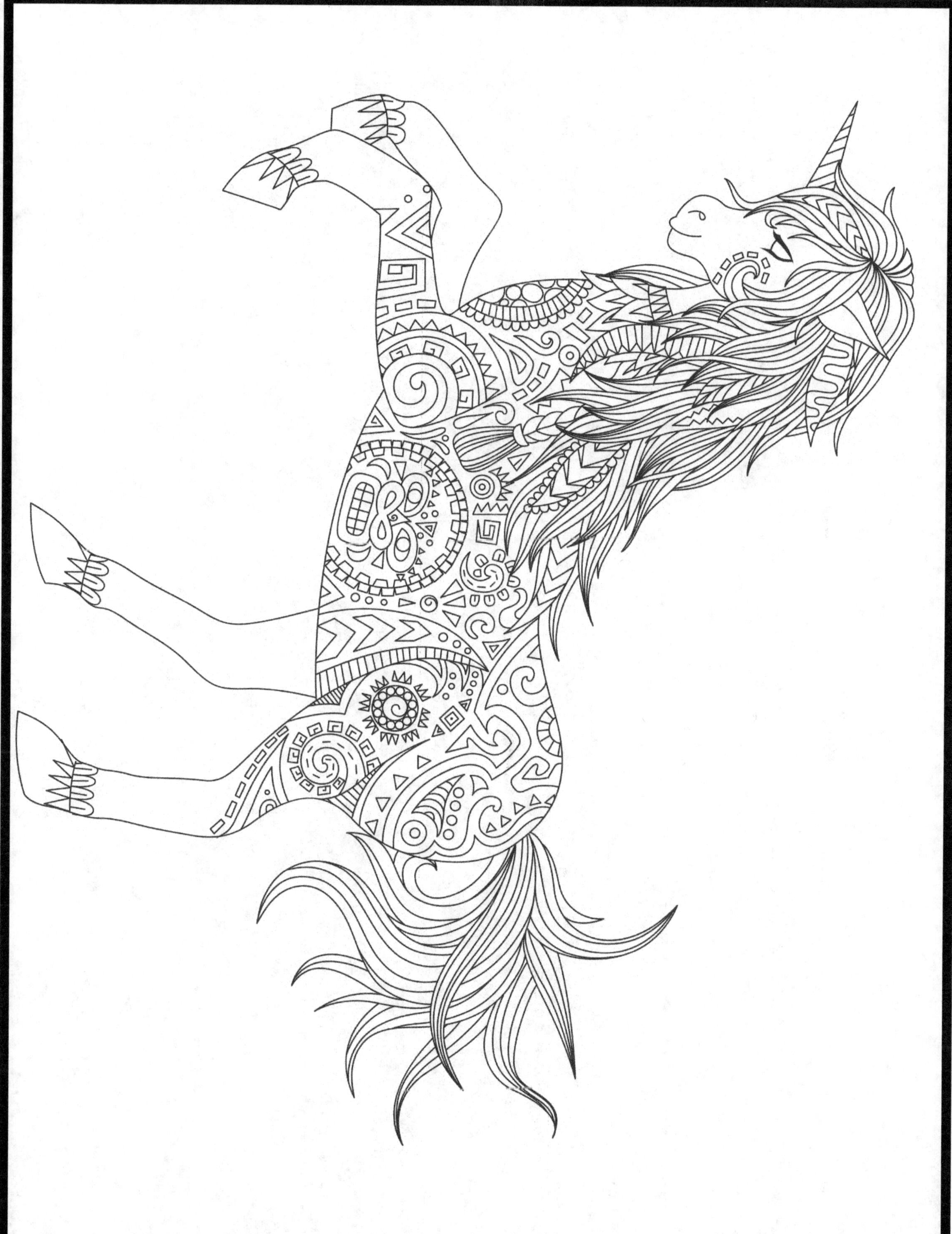

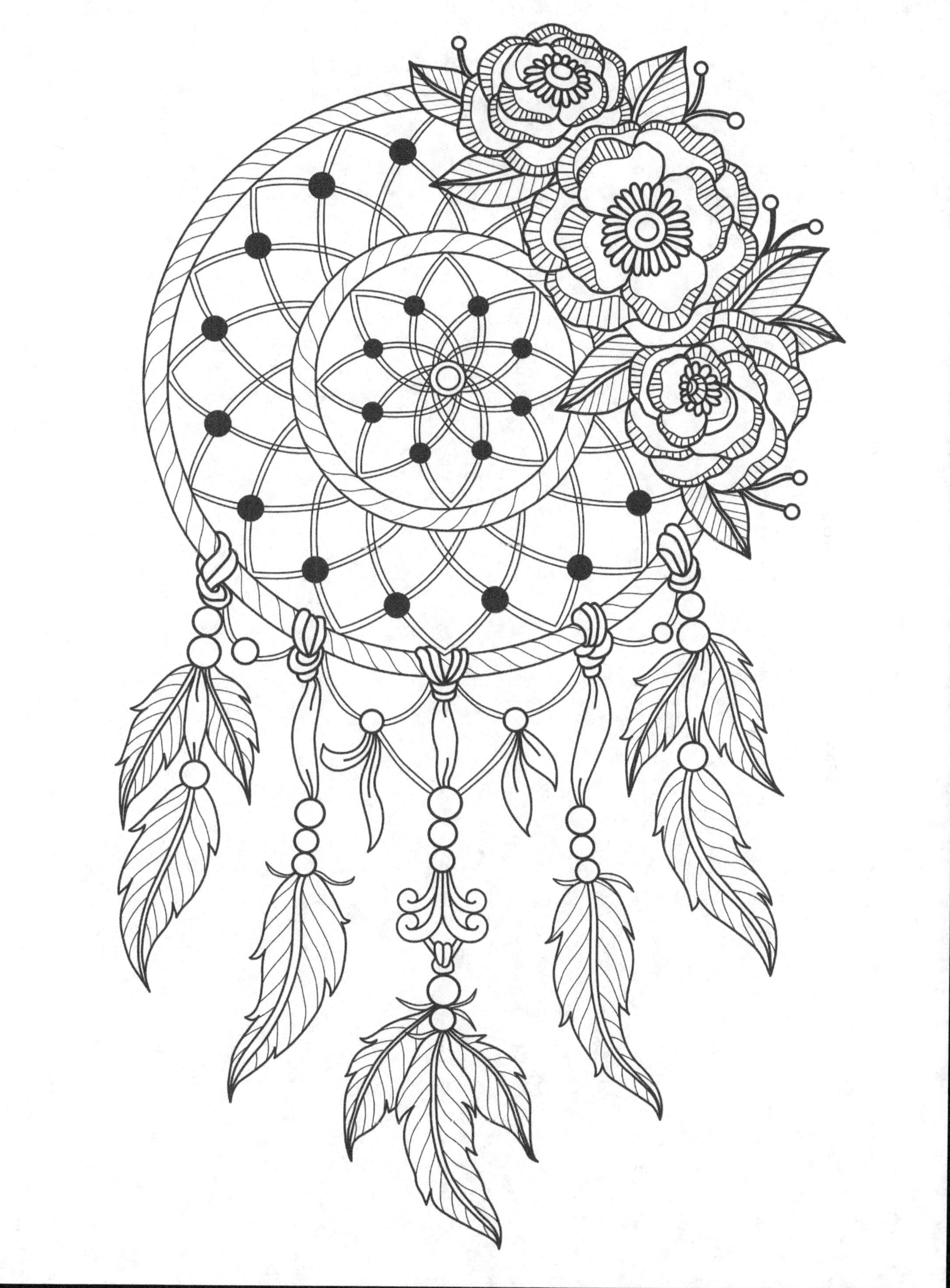

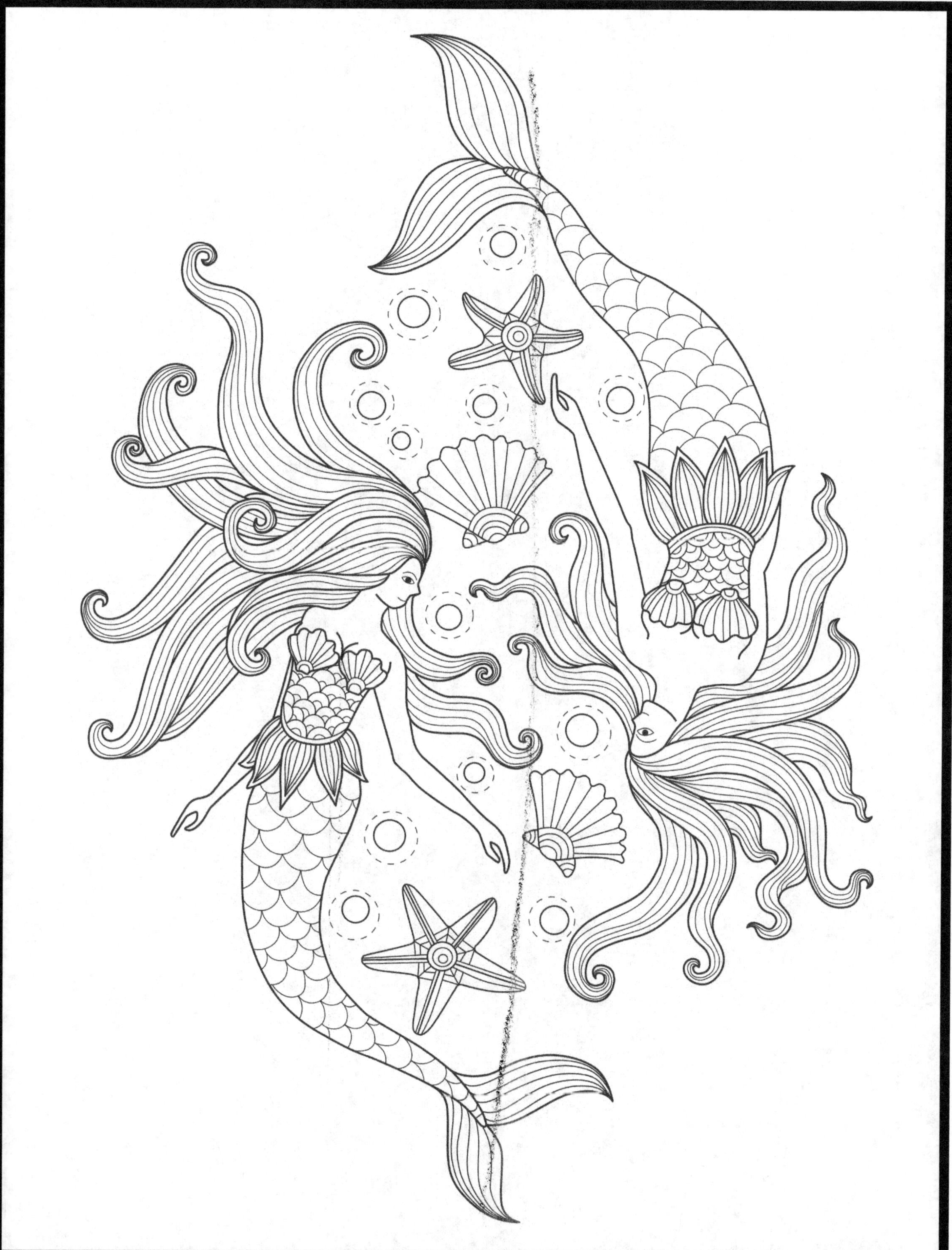

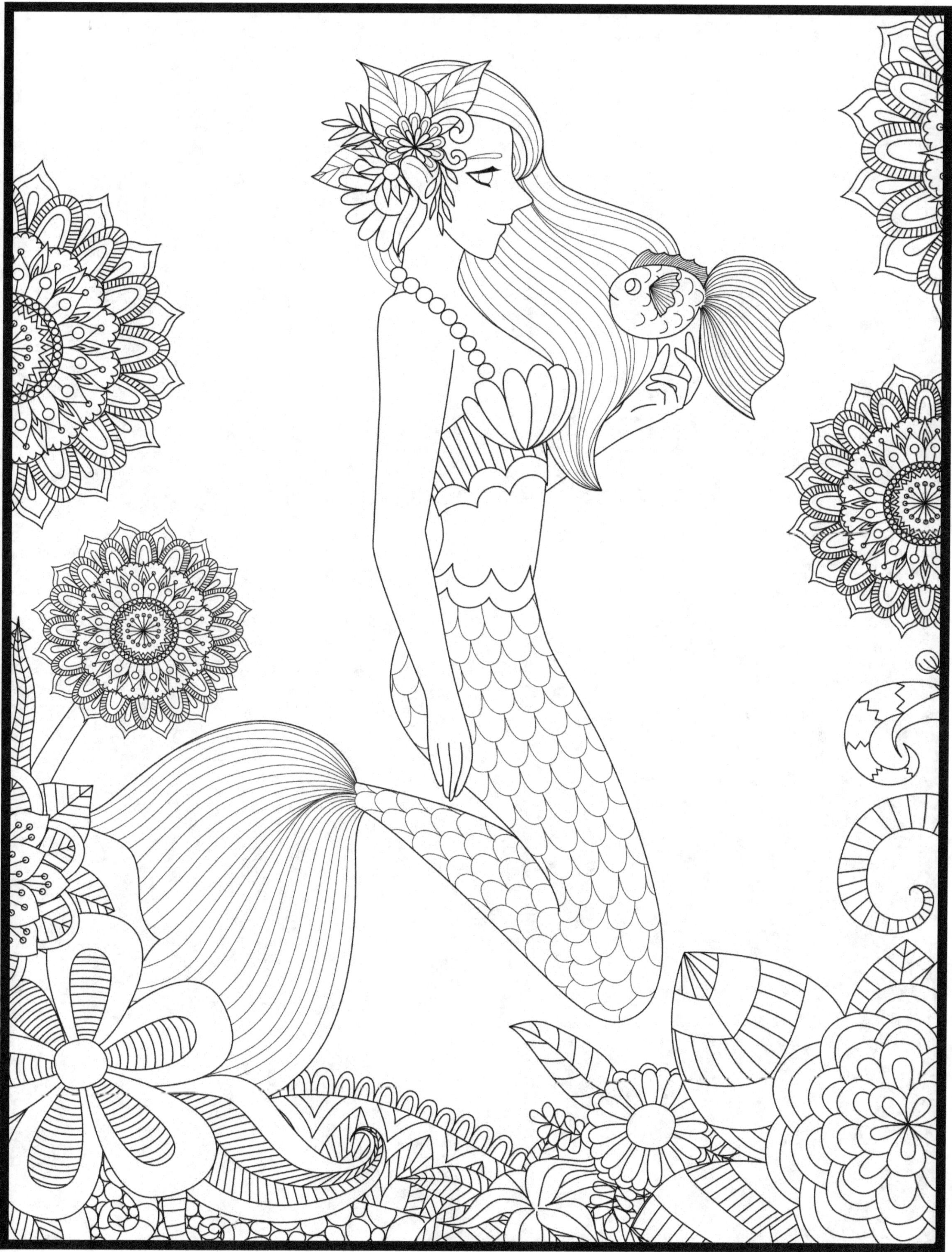

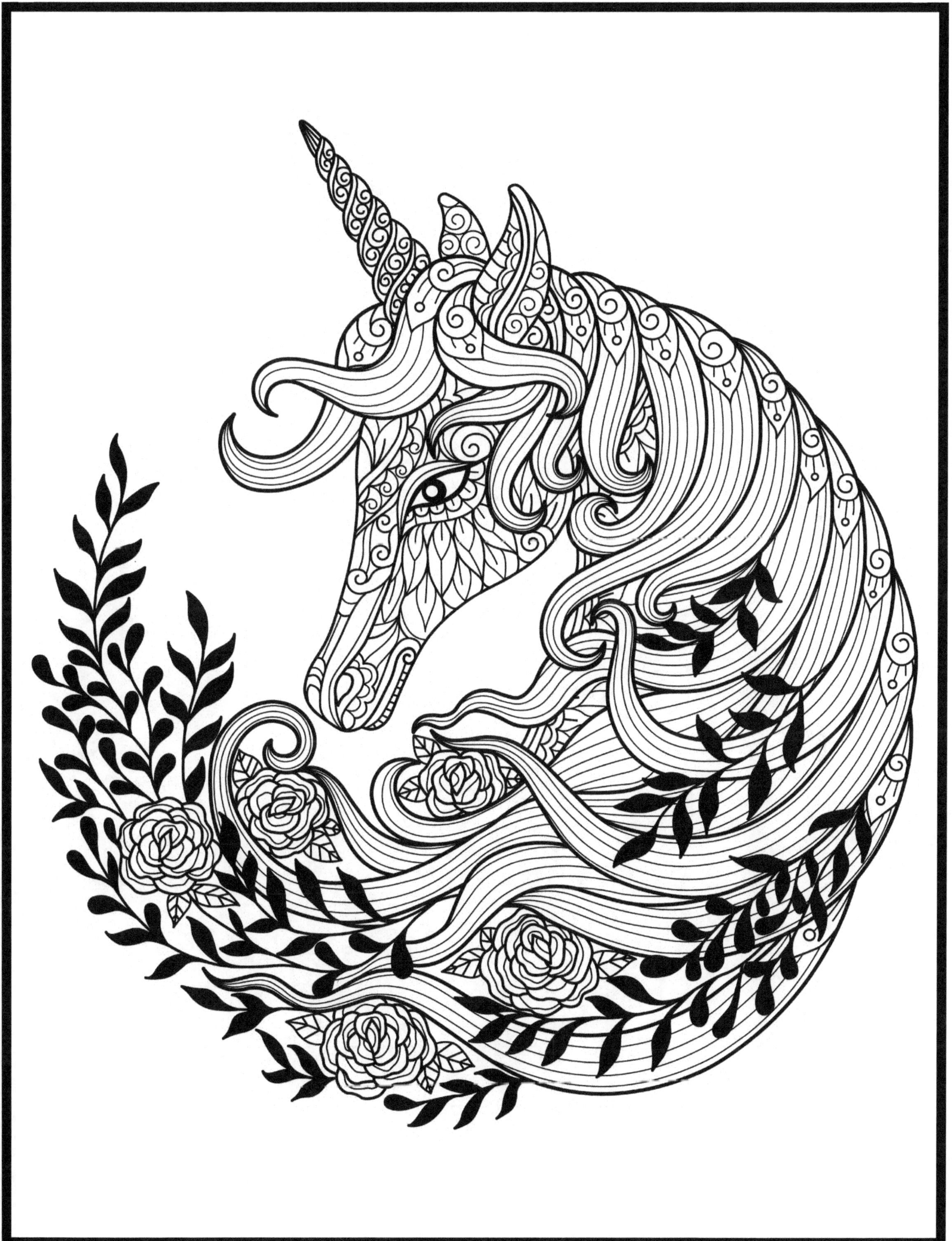

www.ingramcontent.com/pod-product-compliance
Lightning Source LLC
Chambersburg PA
CBHW081941160726

47999CB00008B/2474